晨星文學館 050

約今生

石德華 著

在失去你的世上獨行，
是我生命最勇敢無匹的壯遊

晨星出版

目錄

【自序】

由衷

石德華

輯前

我用《小王子》純淨的語言做輯前箋注，以簡化繁。

因為《小王子》本來就是寫給成人的寓言，有愛與責任、有關係的建立、有遇見的各式人物、有生命存在的寓意、有微妙的情感、有離開、失去、沉穩的悲傷，以及有美麗的終結。

因為小王子從B六一二星球來在地球一年，一年經歷一世，地球，你我的星球。

當然，更因為小王子離世前，給了世人會笑的星星當禮物。

散文

選在五月母親節前夕出版，朋友們都知道是為了一個特殊的日子。封面文案、正文序文、紙張紋理、篇頁接縫、字痕墨香，這本書裡裡外外無一不透露出濃厚的紀念意味，為別者，也為行者。

別者，先走的人總是帶著最美麗的身影離去。

行者，生命前行，漸修，不讓存在過的只是一種徒勞。

從第一本散文集《校外有藍天》到二〇一四的《約今生》，我的八本散文集，編起年來可以縱軸一般拉開生命的每個歷程；剖面橫切，一截截木心深淺年輪渦漩並不雷同，每一本散文宛如個人紀傳小歷史，一篇連一篇，生命情節歷歷，可分立亦可成卷。

不是看作者的人生，是透過作者看人生；我總是對文學班的學生說；那麼，透過我這樣一個作者該如何觀人生？

我對生命誠實由衷。

人會隨際遇改變，文風也會，前三年，濃密深細，我的本色；後三年，清澈遠淡了些，我的現今。對生命做本質性的思索與理解，終究讓我心平氣定了許多。

文學體類混血，辨體破體、安份超越屢有論辯的年代，我總是這樣告訴學生，不是安不安的問題，是「份」本來就會產生位移，與時變化。

但我只寫，也只會寫自己的情感與經驗，散文關乎性情。我的散文書寫始終是我，是實，是日常，是我的呼吸我的俯仰我的每一天。

小我，抒情，個人色彩，我的散文。

全書共五輯，〈約今生〉起〈渡口〉終，前三年，後三年，以民國一百年為引界，書寫時間跨越六年，意涵卻是一生一世。

全冊

輯一 ‧ 約今生。

緣份深刻的關係多少會繼續，而其它的就只是消失。

可是我終究無法將深信著卻只能拿得出深信的未知說得信誓旦旦，只能說，然後有一天，我會沿著血色鮮麗曼珠沙華遍開的三途河畔，一直在用眼神搜尋熟悉的，你、你、及你，無論眼光多迢遞、曲折，終究我們相迎，相背，回眸，別頭，或者續來生，或者卜來生，也或者空來生。

所以，如實，約今生。

輯二．小情意。

明白業障，讓我對天命從模糊到清明，便謙卑順服自我馴化了許多，有時隱約也會有自己是世間好事局外人的認定，但這倒不致影響我太多，有個年紀輕我幾十歲的女作家在十多年前舊書扉頁就寫著：「不過一定會有悲哀的事情要發生，因為一個人在世上不能這麼高興的。」班雅明的一生都有個駝背小人如影隨形，「我想走進廚房給自己盛一小湯碗，那兒站著一個駝背小人，它會把我的碗打碎。他出現在哪裡，我就會變得兩手空空。」明白這些只會讓我更坦率直接因應世間小小情意的流盪，一生即情，我一字一句道敘：

人生就因為這些小事而值得好好的活。

輯三．山容海色。

旅行的時候，名山、大川、繁花、彩葉、教堂、老城、古剎、巷弄全都只是我心目中的其次，我一向只對人感興趣。

最動人的世間風景是人。我身邊多才情洋溢的人，更有樸素平凡但內蘊富厚的人，我用文字幫他們刻鏤一個側面，如留存時光流波裡一抹金澤的星芒。對名人，通常我是專訪寫報導，散文書寫則專屬生活中親近的人：

素樸、天然、良善，人與人之間最單純完好的對待，不相干也有溫度。我始終在尋覓的人與人之間。

——〈一些人，一些事〉

〈記憶洪醒夫〉是個例外，但吻合了「不相干也有溫度」。六年前夏天一口氣讀完洪醒夫全集的低迴感動一直沒能淡去，二〇一三年靜宜大學舉行〈閱讀・書寫・經典創意教學工坊〉，我那場選擇主講的教材還是洪醒夫的〈散戲〉。人，是洪醒夫作品的終極關懷，他從來就深度理解人，悲憫情衷在他身上最是赤心直接。同感共鳴，不孤有鄰，我於是錄之於《約今生》。

這些人的容色於我心中一如山海，態勢剛柔、天然嫵媚。

輯四・夏樹青青。

教師與作家，我最不可迴避的世間角色。強者舉臂如綠樹滋華，仰頭，遮護如蓋，樹底，濃蔭涼似一泓幽潭，弱者可憩止、可喘息、可倚靠、可清涼，天地所有炎炙與苦暑片刻消泯。林盡水源，便得一山，穿越英英紛紛桃瓣之後的，我的理想世間。

聽說當年資優班學生陸續出了校園當了醫生，而我陪丈夫住院有好幾年切身的醫病經驗，近距離照看白色巨塔裡的身影遂而百感交集，病人與家屬都是勇者，但下一步的未知令人不安，醫生不能省去細說與耐心之必要。我是學生永遠請不回同學會的國文老師，但我主動再為他們加上一堂國文課，這堂課的主題就叫做「痛」：

> 你說我偏執我也承認，世間有誰最重要最應該被看見？我的答案永遠是「受苦的人」。他在受痛，痛的人是他，你不能代他受痛，一定要讓他用他的方式說他的痛……
>
> ——〈再上一堂國文課〉

而每一次擔任文學獎評審、文藝營講師，我都將之當作湯湯水波間一趟有風輕颸的搖篙渡舟，欸乃一聲，要讓天清地亮、山水盡綠。〈ANTEVASIN安特瓦信〉贈予我尤其獨鍾偏憐的，羽芒銳亮的青春寫手，「因由信文學，你更有可能去當生命勇敢的探索者」。

〈畫話〉與〈師徒〉是我不敢大聲說出口的角色期許，我真想和蔡啓海老師同一國。我一生得之於人太多，那麼，什麼該是我的義不容辭、責無旁貸？每一次當我面對動力始終滿格的蔡啓海老師，我從來只有一個反應就是慚顏赧色不動聲色的悄悄爬升。弱勢團體與社會大眾之間最缺乏的是理解的平臺，我一直想為弱勢團體做更多而未能，還是只能用我最擅長的文字充當那微薄的搭橋。

〈夏樹青青〉全輯一以蔽之——

你懂得痛嗎？我是說，別人的痛。

輯五・空間。

聽說讀了喬伊斯的書，可以畫出當時的都柏林，海明威《流動的饗宴》經典了巴黎永恆的人文氣味。彰化背景著我的年少、成長、青春、親情與凡間幸福，臺中靜靜諦看著我的運力承擔，歷程再生。

這本書空間背景主要在臺中。

我真喜愛英國小說家葛林立《哈瓦那特派員》書中說的：「對城裡的每個人而言，一個城市不過是幾條巷道、幾間房子和幾個人組合，沒有了這些，一個城市如同隕落。」

想家，想的真就是「幾條巷道、幾間房子和幾個人組合」，說更細一點就是可愛西川里、痲園頭溪不知名的群鳥、痲園第一橋橋頭曬的菜脯、楊桃、紅磚道上曬衣竿披一襲大紅金描花被單、我家巷口月光下瑩潤紋飾的人孔蓋……，我的熟悉我的每天，陽光金亮亮照耀得到的，樸素瑣細的凡常美。

旅行另拓空間視野。海藍夏色石垣島。揹起丈夫的背包旅行，依然跟著他去到天涯海角。

輯六．渡口。

是身如幻提點我正念，正念讓我看見真相。

初起我用書寫別人來療癒自己，很快我就發現，虛實交錯，人我互注，世間萬象處處都是疊影，生命可以歸納出類型，而萬流歸宗在生滅的必然裡。

我停止無限放大自己的悲傷，近身看見死亡是一種過程，標註出生的意義，生的意義巨大無與倫比，每一樁今生都可貴。

書寫別人的生命故事，我以此對所有如幻的今生致敬。

多謝

多謝晨星主編惠雅學妹，讓此書如期出版。

多謝惠中寺及人間福報，在我踉蹌扭轉的艱難時刻，給我精確穩靠的支力點。

多謝一路相陪的朋友，我一直都懂你們形式不一的關懷，你們也始終懂我一些孤僻之餘的真誠溫暖。

多謝今生，我每一時每一刻即地就死亦無遺憾，就用淇華送我的一句話實踐餘生：大地最勇敢的女兒。

【他序】

因文學，約今生

蔡淇華

石老師是我文學創作上的恩師，我稱她「祖師爺」。她成立一秘密幫派，名「姐妹幫」，我是第一任幫主，男的。

十年前我突發奇想，找了友校成立「中台灣聯合文學獎」，透過友人，找到石老師擔任散文組評審，當文字在她唇齒間步步生蓮時，我眼睛一亮，中了！知道她就是文學，她，就是散文。這一輩子，我要賴著她不放。

十年來每一場講評會及數不清的文藝營，我坐在臺下，被老師慢慢拉向文學，慢慢積壘，停了二十年後，竟又開始動筆了。爾後竟然也能得獎、出書、演講，甚至被三月學運天平兩端的讀者傳閱。記者問我，為什麼你的網路千字文，會讓焦躁的讀者靜心閱讀，認同轉發？我答，那就是文學的力量，和散文的魔法——石老師教我的魔法。

好的散文要有詩質，詩的第一個特質是節奏感。試讀〈向上路一段十八號〉：

「天地祭血，野魂悠盪，殘酷殺戮的戰亂中，戰士無名、無塚，遠征的新一軍，遺骨能安、忠靈享配，他們追隨的是孫立人將軍。」

四拍、四拍、八拍、四拍、二拍、六拍，接下來是兩個四拍及一個長句。

中文經過幾千年寫者的實驗，發覺四字、六字的節奏最容易產生力量，所以會有大量的四字成語及駢體四六文出現。石老師早已內化此道，而且體隨文氣，變化自如。

詩的第二個特質是形象思維的巧喻近譬，試讀〈約會〉：

「很多年前我和一個男生第一次約會，在家附近的橋頭，我說十分鐘內你就要到，我不等人，他家離這橋得走上二十分鐘不只，後來我看見他氣喘吁吁從路的那頭一直跑來。其實他慢慢走來我也會等，一百分鐘我也不會離開，我是橋墩。」

讀到「其實他慢慢走來我也會等」時，已讓人蕩氣迴腸，等讀到末句「我是橋墩」，對渺渺人間不渝真愛，已不須贅言。

老師全書對形象思維的運用準確，象徵意味濃，延展性極強。

詩的第三個特質是「留白」。「接受美學」創始人，德國美學家沃爾夫岡・伊瑟爾（WOLFGANG LSER）提出文本的「召喚結構」理論。伊瑟爾認為文學文本的召喚結構由「空白」、「空缺」、「否定」三要素構成，由它們來激發讀者在閱讀中，發揮想像來填補空白，確定新視界，構成文本的基本結構。

我在寫作教學時常告訴學生，非文學是自言自語，好文學是讓讀者看見自己。而這個「看見」則要靠藝術的「含蓄」及文字的「留白」來達成。試讀〈愛情很老〉：

「隔桌男女是教育人，男生一直批評體制，女生一直持平，不時那句『你在說我喔』顯得很性感，中間好幾次女生說『好啦，走吧！』那男的話就止，但都沒動作，時間軟泥那樣賴了一小下。窄臉挺鼻，活生生，美女。

那男生愛著她。」

非線性的描寫，顯得迭宕靈動，故事的留白處，召喚讀者去填補，而不同讀者填補的是自己對愛情的想像，讀者「接受」了寫者的美學，也重新「看見」了自己。

但只講老師文章的技巧，是小覷了老師。文以氣為先，老師文中有近代散文中難見的俠氣、英氣和大氣。

「這句話就是我不知究竟該問誰，通常只能啞然抬頭，蒼茫問天那些事的答案？三十三乘以三百，一日日朝晞初明，一月月曉星遙升。」

用一介女子胸臆「一灘歷史的咳血」，為孫立人將軍的三十三年幽禁平反。

「入田春彥的心願與後事，楊逵挺身擔起，他的名字並且因楊逵而將一代代被台灣人閱讀且記起。楊逵生命中兩次受助於入田春彥，次次都是新局開轉的契機。這就是我定義的，存義巷底，永恆不滅的生死情義。」

在人間花事剛過，院子吹起長長秋風時，仍賈起餘勇，用雲垂海立之勢，要用受傷的筆一洗天地蕩然，讓人間最完美的生死情義，立地皆真。

老師的文字一杯看劍氣，照膽照心，早已超越女性書寫。她是浩劫過後，海藍夏色的石垣島，她揹起丈夫的背包旅行，依然跟著他去到天涯海角。我們跟隨這樣一個對生命誠實由衷的作者，軒闊遠淡看人生。

是的，祖師爺，「終究我們相迎，相背，回眸，別頭，或者續來生，或者卜來生，也或者空來生。」我們還要繼續在這「萬流歸宗在生滅的必然裡」，對所有如幻的今生致敬，繼續在生命中的小事中做大飛揚。

老師，因文學，無去亦無來，可以省思時光，可以凝望初老，可以如實，約今生。

【他序】

五月七日抒情小記

姊妹幫

男人間的承諾

鄭至恭

告別式中靜默嚴肅，卻有一雙溫暖有神的眼睛看著我，到哪都感覺得到。辦完理賠，聽著華姊細述師丈，回想養涵說師丈等她放學，站成校門口的站牌，終於領悟照片眼神傳達的密碼，師丈鐵漢柔情都歸劃好了才走，唯獨生性浪漫的華姊走不出情殤，心斷筆停，何續來生？略帶氓性的我只能說老師「不知人間疾苦」這好重又不捨的話，但我認為是師丈跟我男人間的承諾。華姊懂，後來跟我說很受用。如今養涵結婚了，華姊也投身藝文與公益，我又回想起師丈照片的眼神。

師丈，養涵結婚那天，我喬桌喬得督督好喔！

第一個星期一下午

黃麗美

相識是偶然，相知是必然。不敢奢望約今生，於是我和德華約每個月第一個星期一中午。一照面彼此都會說：「又一個月囉！」

無論吃得滿到咽喉或鼻腔，那個星期一下午到最後，我們必定會再填以連豐盈大碗薏仁展現飽死就現埋的豪壯。彷彿一種儀式。

不是只有暴食暴飲，我們對彼此傾吐從不對別人訴說的話，吃薏仁之前通常都是我載她去唯讀書店取訂書。她讀書、編書、寫書需要很多書，我剛好在中興大學圖書館當志工，不停為她借書、送書、續書、還書，還兼載她去拿書，所以當她出新書，無論如何，比誰，我都還要來得高興。

西川好朋友

劉婉柔

前幾年租賃在麻園頭溪邊的西川里透天厝，我常跨過馬路，在溪邊散步，看日夜交替雲彩變化，禱告唱歌發呆拍照。在溪邊做了決定，把未出生卻診斷出是愛德華氏症寶寶的孩子生下來。照顧她沒辦法常常出門的日子，每晚溪水聲把我從暗夜裡帶向黎明。

透過馥華與梅珍姐，認識了石老師，才知道我們是鄰居，是西川好朋友。或許我們曾經錯身，或許曾經讀過同一個日落片段，聽過同一段溪詠，散步的路她走得多一些，我走得少一些。在咖啡館，石老師直接的提問著送別小女兒的一些細節，寫下人間福報生命書寫〈粉紅〉這篇文章，那短短的刺刺的痛痛的尖銳拋問，是透過深淵發出的迴盪。

道情法愛

林乃光

認識學姊時，我已錯過認識學姊夫的機會了。

初見學姊時，她優雅的微笑眼角隱隱有著憂傷，那年她剛失去摯愛，我倆還客套著。在一〇〇年底籌劃佛陀巡的文宣工作時，我們已經無所不談了，那時她會跟我說：「我最怕有人問我走出來沒？我為什麼要走出來，我並不想走出來啊！」微泛的淚光很令人心疼。

我為一〇一年的臺中榮總安寧病房浴佛活動的文宣，而聯絡當時負責人間福報生命書寫版的有承法師，希望能刊登活動文稿。邀請學姊為活動撰稿，她雖畏懼著安寧的氣味，還是勇敢地參加那年安寧的浴佛活動，還説每年都要來。

此後她勇敢地接受生命書寫版的邀稿，這樣一寫寫了兩年，直至要北上編書才告個段落。此時她告訴我說：「寫了生命書寫的專稿，讓我走出傷痛。」但我知道對學姊夫的情愛她是不變的，倒是更延續了好多好多好多的道情法愛，這一延續是到生生世世！

麗日春風中的一葉菩提　蔡招娣

甫從印度歸來，朱塵尚未撢盡，牽掛著要去探望病中的師丈。但春日正盛的清晨，卻接到老師的簡訊，師丈已溘然辭世！帶著得至菩提迦耶，那棵相伴釋迦佛陀成道的菩提樹葉，我急奔醫院。

過去和老師甚至不能算是可以暢所欲言的朋友，但在師丈離世後最初的幾個小時，我和子牧、厚霖卻能像家人一般隨侍在師丈身旁，和老師、養涵律韻一致的用佛號聲安送他蓮生西方，甚至老師還許我與她們同坐，陪伴師丈的大體前往安置冰藏。

師丈別後，我正好受命組成一支公益新聞團隊，感謝那一份疼惜，那位我初識時優雅美麗的女子，強忍著喪夫大慟，用她動人的文筆，支持著慌亂不安的我，甚至為這個團隊立下「成就他人之美」的優良傳承。

兩年多來，我總是想起應是麗日春風那一天，師丈可能至今都不知道我的名字，但我卻在最後時刻，用遙迢千里從佛骨舍利廟帶回來的聖水為他淨身，而那兩片放進師丈衣袋中形狀完美的菩提葉，脈絡中細寫著如佛的承諾，這以後的生生世世他必能與佛為鄰，息止病苦。

感謝師丈臨去時能為佛光山惠中寺新聞團隊留下美好的因緣，在老師的協助下，每一場豐美的新聞戰役，不是我用來紀念當日那場傷心的道別，而是證明著師丈至今的存在。

勇敢　　　　洪淑美

提筆，淚如雨下。

「今年的夏天，很李潼。」這是什麼廣告詞？四、五年前，因為這份好奇心的驅使，我報名惠中寺文學班，沒想到老天如此眷顧我，在我人生最平淡無奇的下半場，還能結識情同手足，疼我愛我的師丈和老師。

當年文學班下課，同學們都遲遲捨不得離開二〇了教室，我總看見不擅表達的師丈在門口耐心的等候著老師，然後，我和師丈從熟悉、到親切、到關懷。這一幕是我最無法面對的場景襲擊。

雨下得好猛！

過去、現在、未來，我都不會忘記師丈教我的勇敢面對一切。

施家咖啡　　　　陳淑芬

我習慣用堅強掩飾我的脆弱，習慣用不在乎掩飾我的悲傷。當施大哥生病時，我很少說安慰的話，只是搶著當司機載他們出去走走；住院時他儘管已吃得少了，還是捧場地吃了一碗我煮的絲瓜麵線；他常說我是個大麻煩，卻叮嚀我們姊妹要互相照顧，互相作伴。想起他二十年來對我的寬容及照顧，千言萬語，就是不知從何說起……

明明是華姐出書，怎麼每個人的敘文字句都是思念，因為施大哥勇者的典範，一直在我們的心中，因為這書裡有華姊對生命的許多體悟，有我們敬重的施大哥對家人的愛、對朋友的義，與待人的寬厚與正直。

真懷念我們開心談著話，施家咖啡就默默飄香著的日子，那味道換了別人煮就不對了！

約定　**孫懋文詞曲**

丟不掉　你那淡淡幸福的微笑
放不開　你那深深熱情的擁抱
忘不了　你那帶著安全感的味道
止不住　我的淚　又浸濕　你的外套
我的指間　還殘留著你的溫柔
那是一輩子　都忘卻不了的承諾
約好今生　讓我的愛陪在你左右
願續來生　譜寫完今世未圓的夢
有你

楊真真繪

輯一

約今生

「你可不可以給我一些建議？有什麼地方值得我一看呢？」小王子問。

「我想，你應該去拜訪地球這顆行星。」地理學家回答。

01 約會

他坐我鄰桌，八十歲不止，保養得宜。騎樓休閒座喝咖啡，我按讚無量次數的「台中風」。

剛到的時候，他用拐杖敲落地玻璃門大理石門檻，篤篤篤一小節，停三拍，共敲了三小節，裡頭傳來店員大夢初醒的女聲：「吼，ㄉㄟˋ，ㄉㄟˋ，你要出聲——，這樣敲我怎麼知道？」他回說：「我和你玩的」。他點了咖啡，是熟客，心情好。

一入座他就打手機，用金鏗鏗秋天午后陽光都不禁一凜的高亢愉悅說：「我、到、囉！」然後戛然停拍，對方在說話，手機貼耳好一會兒。約好的那人不來了，會來的話「我馬上到」，三秒不到就可以掛手機。

掛手機前，他只說「喔」，街邊，浮浮塵色。我想起以前說十一點多到家，媽媽總是十點半過後就不停在家門口進出看望，當子女的永遠有恃無恐的遲到，熱炒都涼了，我到家往往過了十二點。媽去世近十年了。

咖啡來了，他喝完，拄起拐杖推椅就走。白瓷空杯一只，獨自小立霧面紋花玻璃小圓桌，面對三張沒拉開的椅子。

周夢蝶就一定不會約了沒到。

他那首名叫〈約會〉的詩，對相約的明日期待眞切得如不及待，他要和對方琢磨未圓的詩句，他並且飆願：「至少至少也要先他一步／到達／約會的地點」，不只眞切熱望還在拚比對方早到。

連早到一步，凝看對方像小令一般珊珊走來都難遂願，周夢蝶謹以此詩持贈給「每日傍晚與我促膝密談的橋墩」，他和橋墩約會。橋墩，不言、不語、不移、不離、不遲、不變，永遠早到。洪水捲噬吞沒的剎那，那癡心的尾生抱著這有情等待那無情。

蕭蕭在明道大學校園，有一個固定約會對象，或樓頭，或湖畔，或草坪，他總比約會的人早一步到達，對方幾乎也都可以準時應約。他約會的對象是，西邊的雲天晚霞。

在中國誌異小說看到這樣一個故事，和好友相約數十年後相會，從此倏忽歲月、迢遞山水，到了約定日子的前一天，一切都乾坤無力可挽回的來不及了，那人才想起這事，怎麼辦？夢魂飛越關山渡，他自殺，魂魄一念可以萬千里，他絕對趕得上約，說不定還早到。

我總是很主觀的說寫作的人多是怪咖，聽課的學生眼中半信半疑，反正這堂文學課是我在教的，文學很自我。生命是一襲華麗的袍，爬滿蝨子，待人處世不通透一如咬嚙性的小煩惱，張愛玲〈天才夢〉將才情與世情格格不入的不安現象說得坦徹見骨。華麗我自是遠遠不如，蝨子是不少，偏偏自己太常民，是日常生活裡可觸可見的那種人，看來一點都不稀奇，就容易被挑剔怎麼很多行事和別人顯得不同，比如懶約懶會就是其一。這幾年發現很喜歡的幾個年輕女作家，柯裕棻、黃麗群、李維菁、房慧真、言叔夏，一個比一個還要古怪，並且站出行列舉手說自己就是怪不然你是要怎樣，不知怎麼的，她們真是深深撫慰了我的心，她們讓我確定，古怪有理，早晚而已，晚生二、三十年，我就是她們。

算好了木瓜成熟日，我開半小時車到朋友三合院家園，木瓜纍纍卻仍青，我在樹下端詳一會，與光影一起安靜明滅在這植有木瓜樹的花木蓊鬱的園子，輕巧的小白蝶翩韆飛著一個蝴蝶結，還不能摘呢，我隨後便開車返家。朋友在屋裡，但這一個不需要咖啡甜點及一定得說些什麼的下午，不約不會，木瓜尚青，我便回去，心滿意足。

很多年前我和一個男生第一次約會，在家附近的橋頭，我說十分鐘內你就要到，我不等人，他家離這橋得走上二十分鐘不只，後來我看見他氣喘吁吁從路的那頭一直跑來。其實他慢慢走來我也會等，一百分鐘我也不會離開，我是橋墩，更年少的時候我一認識他就爲他動了心，他只是不知道，後來我嫁給他了。那橋一直都還在。

人生重來一遍，我會在十幾二十歲無論男生女生就和一個人約「六十歲那年我們就在那裡那裡見」，六十歲，當時看作是外太空飄浮物似的年歲，然後一個電影過場，六十歲到了，拉極遠景鳥瞰，兩個人從不同方位的路，蟻點似的往一個方向前挪，或者只有一個踽踽前行的黑點，或者根本無人，只有無邊的空景。

白瓷空杯一只，獨自小立霧面紋花玻璃小圓桌，面對三張沒拉開的椅子。

02 浪漫

「我們買杯飲料吧！」輕揚的喜呼。從我身後走過，年輕、短髮，兩個走路都是外八的胖女孩。

這一刻，眞是浪漫。

我打賭她們不會薑茶烏龍綠去冰去糖如我，極大可能直接下的就是大杯珍奶，這條路三百公尺內有四家飲料店，她們過了這第一家的魔考也捱不過第二家，乾脆就當下果決。

與十八世紀歐洲的藝術文學無關，我是指那情感不被任何理性束縛，力道噴薄而出的華麗剎那。ROMANCE！誰不知道該減肥。

浪漫有左鄰也會有右舍，它左邊住眞率直抒，另一邊緊鄰的一定是無聊沒用。我從抽屜深處翻出一枚玉石印章，上頭是四個楷體字，涵安浩正，我孩子的命名末字，備全了兩男兩女以便敷於使用，後來終我一生只用上一個。那時我剛結婚，生活裡存在很多理所當然，元宵夜要提燈籠去散步，假日牽手上市場，天天都相見了也仍要有愛情浪漫，而浪漫是雙人舞步，需要另一個人配合和成全。這印章我現在看來是花錢無聊占空間，眞不懂當時我怎麼會有這樣幼稚的念頭？但它好像完全寫實傳眞了一個二十五、六歲幸福新嫁娘的無邪浪漫，生了這個再生一個、或再一個，是女的就這個，是男的就那個，兒兒、女女、兒女、女兒都沒關係，我們全都備好著等著迎接哪！這不就是這麼過下去的天長地久嗎？我不浪漫已經很久了，掂著這玉石材質顏色都不錯，想著將字磨去，還是一枚好印章。

另一個篆刻的玉石印章，是我發想爲簽書落款，專爲我的讀者而刻，上有四字：歡喜結緣。出第二本書時辦過兩場演講後的簽書會，一場在高雄，一場在台南，高雄那場門可羅雀，台南這場大排長龍，人很多時誰要等你一本本蓋章又呼它乾，人少得可憐，那印章的起起落落會太費周章，飆戲才需要去搶戲，戲臺一冷清，臺上臺下盼的都是落幕。

刻下一枚「不食人間煙火」印章，李叔同消泯，世上有了弘一法師，我手裡的印章讓我不禁輕輕一笑，怎麼會無聊得這麼究竟，我曾是怎樣的人，我消失了多少？

夢囈、呢喃、空話、隨口、迴遶、無解、自困，後來我總是很快就能聽出別人話語的屬性，迅速判斷能信不能信以及該信幾分，或決定再聽下去第幾次就是在浪費生命，春夏之際，爲了滿枝頭紅麴碗般盛開，落在綠茵的草地有如大朵印花的木棉花而在樹下主辦下午茶這件事，在我生命中曾起過怎樣的力量，我眞的還想不出答案，但我確信，我是因爲曾經很浪漫所以才很懂什麼是無聊。

要兩端都站過才夠，沒經過極致的繁華不能安然於最深沉的寂靜，弘一法師以自身示現，紅樓夢是賈府也是曹雪芹自己榮與枯的兩造歷程，我這學期最後一堂文學課有個小主題叫幸福的侷限，很多年前我文學課上的是什麼叫幸福。

生與滅，夢與覺、眞與幻、窮與達、苦與樂、生與死、常與變都是兩端，而生命很奇妙，眞切經歷過二元對立，才比較能回歸那本然的一。我是這樣小小站立過兩端後才眞正讀懂〈赤壁賦〉裡的水與月，生命的本質與現象，薄霧輕輕貼著水面，空靈低沉的洞簫貼身繞拂，初秋，圓月，人的一生一世與生生世世。

有順有逆而凝睇過生命的實質本體，蘇東坡亮著眼睛對朋友說，一世際遇何足記掛？生命短促何足憂傷？在無止盡的永恆與變異中流轉，我們其實從未眞正死去。

白露橫江，水光接天，西元一〇七九年，宋神宗元豐二年，七月十六日，一個圓月黃大的靜美夜晚，浪漫撲漫，廣天敻地、無邊無際。

一位來自馬來西亞的男子，拿著一本星雲大師著作的《百年佛緣》，守候在佛陀紀念館五和塔外的菩提樹下，迢迢來到佛光山上過年是他許願多年終告成眞的美夢，當佛館切菜義工空暇的時間，他就按著書中寫到的每一個景點一一親登履踐，他要跟著大師將佛光山看得仔細，微風吹拂，滿樹菩提葉翻飛，葉背跳閃著朵朵金澤。

「或許大師會正巧走過。」他微笑著說，眸子裡跳閃著眞摯。

和L一起去採訪二位在大學任教且擔當行政工作的男子，他們因緣際會接辦了弘一法師話劇〈最後的勝利〉，籌辦期間，他們特地請個休假，執意在秋天走一趟杭州虎跑寺，沿循弘一法師當日的足跡，初起上山迷了路，從山頂俯看依悉虎跑寺，然後他們再沿下尋往，就在疑無路擬回頭之處突然一個彎轉，竟就是虎跑泉及李叔同紀念館，是迷渡、尋索、乍逢的喜悅，也是從死溯生，尋尋覓覓。他們說，宛如弘一法師有意引領。

臨別送我們至電梯口，他們突然以美聲唱起弘一法師的〈送別〉，長亭外，古道邊，芳草碧連天。多久了，我很難開口唱歌，多遠了，我回不去的大一女生宿舍，那時候，迷漫氤氳熱氣與綠野香波洗髮精清新氣味的水聲嘩啦的浴室，總有人唱有人和，誰家聞笛畫樓東，斷續聲隨斷續風，還有那纏綿飆高的思歸期，憶歸期，往事多少盡在春閨夢裡……，我和L在電梯邊大聲和著他們的忘情浪漫，發現自己將〈送別〉唱得一字不漏，電梯門開，我們唱著走進，門關，他們在門外高聲唱。

浪漫讓我沒錯過任何浪漫，不浪漫後我才眞正懂得浪漫。

03

一個很普通的日子

我天天行走，一步步走出每一個很普通的日子。

那天我多走了一段路，遇見一家我朋友稱讚無數次的便當店，今天仍算是個很普通的日子，而我超過半年沒吃外賣便當了。

多問了幾句什麼是招牌什麼是燒肉之後，當機立斷「滷排骨便當一個」。老闆娘回話很省短，語氣不熱不冷，有著生意好的店掩不住的篤定自信，也或許，我採茶包臉帽、長袖套、汗味衣衫、爛布鞋，還加掛一條汗巾在脖上的形象實在太過街友風。

滷排骨便當套著塑膠袋挺拔在櫃檯上，我將背包整個翻底，物品清倉攤在桌上，抬起頭對老闆娘說：「我沒帶錢包。」

靜——，店裡一落一落外帶便當都沉默無語，老闆娘沒抬頭，用比不熱還冷一度的聲音說：「沒關係啦，先拿去。」；「就當做善事啦，沒差。」或者她心中這麼想；我說了一句：「我下午拿錢還你。」就拎起塑膠袋走出店。

路過我常去的咖啡小店，店員說：「還是黑咖啡？」我邊打開便當盒邊說：「我今天沒帶錢，來一杯拿鐵好了。」這話真沒邏輯，拿鐵比黑咖啡貴二十五元。像每一個普通日子，我邊吃中餐邊看書還查看手機，飯後，喝著咖啡，寫點什麼，身旁偶有汽車喇叭聲，車開過、機車騎過、人走過、狗走過。

手機裡有一則ＬＩＮＥ，是巴菲特的人生祕密，他說幸福的關鍵是我們是否活在愛的關係裡，一個人的成就在於一生中你善待多少人，幫助多少人實現夢想，有多少人懷念你。有成就的人比較願意以博反約去照見愛與成功這些事吧，世上大部分的人都焦頭爛耳忙於應付每一眼前片刻的難堪，不過再難堪大概也會承認巴菲特沒說錯，無關他是不是股神。

小津安二郎說他面對攝影機時想到的本質，是透過鏡頭尋回人類本來豐富的愛，尋回？代表事實上是大量在失去……，有時是一個光照剎那的猛然發生，有時是無望的止不了的流沙逐漸消陷，人到後來簡化的說都是在過日子，但只要捅捌翻攪一下，總是會看見人生說到底無非還是愛與不愛的問題，愛，這麼的初始微小卻也終極無限，幸好這椿工程沒人規定需要多巨大，今天便當店老闆娘和小咖啡店店員算是善待了別人，幫助別人完成夢想。

不過，被懷念的，應該會是我。

詐騙已經成為這個世代的關鍵字，「相信別人」變得很難，連帶「我可以被相信」都動搖了，我返回到「相信」本身，一點都沒遲疑，兩位哲學界翹楚曾對談過哲學的目的，最後的答案是：哲學的目的就是哲學。

相信的目的就是相信，人就是人，欠，就是要還，還需要怎樣的曲折？

我這樣的人一定會被懷念，我知道的，我的籌碼不多，但下手明快果決，有著令人不可置信的回味，麻煩複雜世界，簡單因新鮮份外明亮。

回家，洗個澡、打個盹，換上清爽潔整的衣著，出門去還錢。說下午還，就一定不會拖到晚上。

夏天黃昏光影遲遲，夕陽打照滿城金澤鑠亮，大台中，山海合，人口破百萬，恁個蒸蒸蔚蔚好紅塵。
總得，有一個人信守著一個承諾。

像每一個普通日子，我邊吃中餐邊看書還查看手機，飯後，喝著咖啡，寫點什麼，身旁偶有汽車喇叭聲，車開過、機車騎過、人走過、狗走過。

04 友的情節

階梯式教室，我在臺上，放眼看得分明，確定剛剛那時空那片刻那話題，他們動了一下心。

中學的假日文學講座，十六、七歲品評人事，沒在跟你客氣的，投手丘投來的一記快速直球，好壞立判，而我用來舉例的那話題其實很險，因爲凡常到無預警人人站起來都能說上一段，聽多見慣的最無奇，從來易寫的最難工，我那例子說的是——朋友。

我用余光中的詩敲門：「喔，所謂知己/不就是一把傘麼？/晴天收起/雨天才爲你/豁然開放」，然後端出一篇短文，雨天，作者站崗哨守衛營區，監看著馬路的動靜，看見兩個年輕男孩，各騎一部單車，但共撐一把傘，車速一致，默契十足，撐傘的那個，隻手扶住車把，緊緊的貼近距離，「不知一生能有幾回這樣的經歷？這樣的朋友？」「而誰又會記得這樣一個雨天，那隻撐傘的手和那顆心？」文章這樣寫著，這值勤的衛兵叫今棠。

我就此於是多說了一些：朋友是，自己已經不多了，也還是會分給你一些；朋友是，狼狽倉皇中的穩當；朋友是，擁有能力，去照顧彼此。

不只撐傘的手和那顆心，同樣要被照亮的還有那隻足以穩穩扶住車把的手。

就這樣，眼焦聚攏了，嘴角抹些笑意，空氣分子有裂變，什麼叫入了心，我想我總是知道的。

我今生的工作都必須善說，能將「三人行必有我師」說得有多明白，就得將「毋友不如己者」說得一樣好聽，但這份必須不等同我眞正的洞悉，倒是那一次學生問「和說好聽話會討好人的朋友在一起，很輕鬆沒壓力，有什麼不好？」

「便辟、便佞、善柔」一向會被重點標註在字音字形字義上，這「損友」的定義破天荒首度被質疑，那堂課，我記得自己忽然心一鬆，放掉進度與考題，願意回到生命的本身，我眼睛掃一遍臺下，慢慢說著，這樣詢問著做結：「人可與各式人交往，但只與少數人交心，裝甜的人以爲自己靠這一套就能死死呼嚨吃定別人，你，當眞認他們是朋友？他們把你一向都當傻瓜看，他們——，看、扁、你。」懂人，遙遙領先在善說之上。

很長一段時間我都以爲和心愛的人手印一打便可自成一個永恆的結界，後來，結界漏破瓦解，我從自己的侷限困局迷惘抬頭，才明白朋友無罅不照、無光不漏的力量，雖說比起處群，我還是更擅長獨處，但這一體悟，幡然改寫了我對今生的界定。

氣功老師常讓人從命門引氣，就著定位伸掌相向問你感覺到氣了嗎，氣是什麼？氣讓兩掌間虛空卻阻堵。和一位朋友莫名其妙絕了交，用橡皮擦擦擦去吧日月不驚，只是，但凡行經他家方圓數哩，總會有一種不存一物的存在自然生成透明貼覆著萬象，心裡彷彿無一事的虛空卻阻堵，不知哪一日我和那朋友和好如初了，從此街就是街，巷就是巷，我游刃其間如無物，直是悠悠綽綽有餘裕。

今生未了的，無論多淡多遠了都還在，只有解開結套眞正暢順了緣，才能清闊自在去流轉，我這一樁友情的生滅生，好像可以拿在說因緣的章節上加一行眉批的小箋注。

朋友，人人都自寫情節，它有多凡常就有多動人。

05 愛情很老

尋常巷弄小人家。

一排舊樓舍的最邊間，安靜的石棉灰，瓦當壓得很低，矮木門小格木窗，梔子花一朵一朵落在樹底下，香氣浮滿。我偶遇這間輕食館，非沿階拾級推門進去不可，那是恍恍時光被留繫住了的我的昔時往日。

卻是很年輕人的店，田園燻雞或里肌，漢堡鬆餅二擇一，我處於其間的扞格突兀可以看做是一種很有份量的存在，安心坐著，人有時眞需要吸取青春的眞元活氣，更老一些，搖不搖輪椅我都會愛去一中街逢甲夜市。

隔桌男女是教育人，男生一直批評體制，女生一直持平，不時那句「你在說我喔」顯得很性感，中間好幾次女生說：「好啦，走吧。」那男的話就止，但都沒動作，時間軟泥那樣賴了一小下。窄臉挺鼻，活生生，美女。

那男生愛著她。

空氣裡有一粒極細分子輕微爆裂、翻個小筋斗、張一下眼、伸一下手，沒形沒影，但愛情都知道。

見面第二次臨別，胡蘭成促狹說：「那麼，我留這兒，妳煮飯菜給我吃麼？」人才走，信就託人送來：「與妳相會之後才知道，妳是民國世界裡的臨水照花人。」那天張愛玲第一次「我想學著買菜」，上床睡下，滿耳「我留這兒，妳煮飯菜給我吃」。愛情來了，一個不同的剎那，一句纏綿繚繞的話，但我認爲他們的愛情也許來得比這更早。

初謀面，胡蘭成送張愛玲，大圓月的晚上，走著說著有些話有點任性，忽然靠得近些，胡蘭成說：「妳的身材這樣高，這怎麼可以？」怎樣才可以，怎樣是不可以？要這樣的話才足以打得動一個孤高才女荒漠的心，張愛玲始終就覺得她不懂得他，他卻懂得她太多。

一九四六年，張愛玲千里尋夫到溫州，發現胡蘭成肚子疼的事只告訴范秀美，她爲范秀美畫像，沒畫完就停筆畫不下去，因爲畫著畫著，只覺范秀美的神情和胡蘭成越來越相

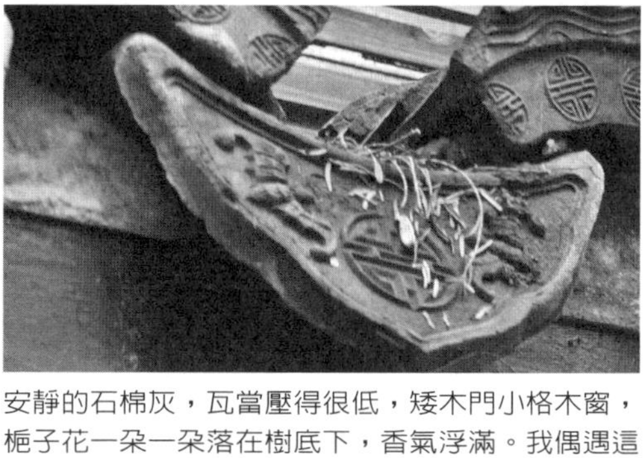

安靜的石棉灰，瓦當壓得很低，矮木門小格木窗，梔子花一朵一朵落在樹底下，香氣浮滿。我偶遇這間輕食館，非沿階拾級推門進去不可，那是恍恍時光被留繫住了的我的昔時往日。

似。不必等別人來說什麼。

離開溫州那天下著雨，張愛玲一個人撐傘船舷邊，對著滔滔黃浪，佇立涕泣良久。她的愛情凋萎，落土成墳。

有個瘦伶伶女子，古墓派的，聽太長太曲的話，她的眼睛就自動會迷濛失焦。人人眼一溜就知道她愛上那男子了，蜚言流語中男子自動調降了溫度，她季節的無聲冬雪遂來得特別細且早，她企圖辯解人們怎麼老愛看窄別人的情感，自己真的很愛那種今生得一知己什麼都可以掏心挖肺的感覺而已。

可是笑容燦爛，眼神溫順笑著，一個人時極容易恍神，路邊良久停著車，車內就兩人，和他同進出，一副千萬人吾往矣，意態溫柔清堅不反顧，這些該怎麼說？

我說，往前再走一步，你敢，他不敢。小龍女聞言眼一深，眼眶一圈圈紅，眼淚就直掉個不停，溼了的眼，專注的哀愁。

曖昧不明最美就在有無之間沒有誰會去義不反顧，讓好的感覺巨大化自己就會沉迷陷溺，或者，沒人想要當楊過，是古墓的日子太寂寥。

七〇年代舊屋舍，屋裡翻轉過的時尚新潮風，我在座，感到不被人愛上也愛不上一個人的日子其實也蠻好，沒有誰蹉跎過誰，輕盈看著隔壁桌那女子娉婷在離座，男子連忙弓身急站起……。

民國到幾年了愛情都一樣，會錯置，有曖昧，分比重，寂寞閃現在其後，發生的時候藏不住，死去也一樣。

時光很長很長，而愛情很老。

06

塑像

一個塑膠黃白花祭悼的小花圈，孤立在溼冷的冬雨裡，大年初一，我行經崇倫公園，觸眼瞬間，霹靂啪啦燃爆一大串驚訝。原來，還有人在關注。

半身小銅像有石碑底座，碑面刻著「忠勤足式」，後面的碑文記載著英勇事略。陳俊宏，消防員，八十四年三月十五日，台中市夏威夷按摩院火災中殉職。得年二十四歲。碑文最後的「銘」，其中有四個字：命厄華年。

這公園是我的生活場域，近十年，我有時摳摳碑上的廣告貼紙與鳥屎，有時記得經過時就行個禮，有時會想當年北港出了一個消防員，不僅全家是全鄉鎮都榮耀吧，有時覺得他會寂寞嗎，有時認爲他根本不會，因爲這公園常有小孩嬉戲、老人運動，四季不同花開，空氣浮盪悠閒；讓民衆安好，一向就是他這族群勇於付出的唯一理由。

人的性情、樣貌、際遇有萬千種，但超越這些具體世相，我常感到有些人靈魂深處，天生纏繞一股英雄氣，走向凶境險地，用不同的形式去對陷險無助的人說：「我帶你出去。」搶命救人，要撒旦讓步，要上帝妥協，他們稱做「消防心」。

陳俊宏沒空像我想這麼多，他的同袍說他一直都是個盡職務實的人，無論那一天，或是每一天。

年輕人的網路世界比奇鬥炫競繽紛，有位景文高中的男生，平日最常上的網站卻是「紀念殉職員警全球資訊網」，到底怎樣的內容會讓這「怪咖」如此著迷？

有一天，好友忍不住上網窺探，發現是一百多幀黑白遺照，以及殉職人員基本資料與殉難事蹟簡述，第一時間，那好友認爲腦筋有問題啊成天看這個，眞令人百思莫解，但不知爲什麼，那好友自己卻也開始愛上這個網路忠烈祠。

忘了他們兩人中哪一位，後來眞的去報考警校但沒有考上，眞實人生終究不是電影，可是，我難忘的是「眞的去報考警校」這件事。

HESTER IS ME網誌主人是菜鳥警察，她寫下自己看到一頁頁因公殉職學長資料：

我哭了，很傷心的。接下來外面有學長巡邏回來，看到我正在瀏覽的網頁，笑笑的打我的頭說：「有必要看這些讓人難過的東西嗎？」我知道這是安慰，可是眼淚還是會流。

有個年輕人到警專圖書館打工，工作與請遺族書寫「殉職員警事蹟」的事相關，他看過老爸爸用工整毛筆寫，國中的兒子用稚氣的筆跡寫，妻子對丈夫的深切思念，每每走上圖書館頂樓放殉職員警遺照的地方，他就會哭……。

在文學課，當我說：「感動可以教。」所有聽衆都露出「怎麼可能」的眼神，但我一點都不遲疑，生命本來就是這樣，與萬象交接，有些東西亮而浮，有些東西厚而遠，那厚遠的，厚到沉到心底就像埋進一粒種籽，遠到，它一發芽抽長，就比較能一直朝著藍天的方向。

記憶會自動塑像，從空間展延到時間。

記憶會自動塑像，從空間展延到時間。

07

海風吹過晾衣衫

鹿兒島不是島，八重山（YAEYAMA）不是山，入夜，是八點，嘎嘎烏鴉，是報喜。

日本南境之南沖繩縣（琉球）西南海域，有一處漫天星灑的島嶼群，包含八個主要島嶼，及二十多個小島，這些聚落式的群島，就叫八重山；這是距離臺灣最近的日本，這群島中最西的與那國島與宜蘭龜山島距離，大約就是從台北到苗栗。日據時代，船舶來潮汐去，它和臺灣是同一生活圈。石垣市與姊妹市蘇澳對門相望眼對眼，石垣，北緯廿四度廿分，蘇澳，北緯廿四度三十五分，都與夏威夷、邁阿密同緯度。

石垣島是八重山最熱鬧的小島，約百分之九十人口的集中地，經濟、觀光、行政中心都在此。用點想像看石垣島像一支不規則的杓、像伸展開的按摩椅，我住宿活動的場域在島南，效能最實用的杓或按摩椅的底座。

租一間六樓公寓小套房，在瀨海的眞榮里，隔著一區民居聚落與太平洋不近又不遠。純白枕巾白床罩，床的高度約莫要與海平面齊肩。落地窗和陽台晾衣繩都向海，大門對向開敞，海風就夾著水腥、鹽味，以及大把涼氣恣放穿越屋子，觸碰每一物件傢俱，再從大門揚長而去，留下白紗窗簾鼓鼓撲撲飛個不停。

清晨醒來側一下枕看大海，然後，我對正在爐邊煮麥片的CL說：「昨天來的時候，海水是藍的，剛還是鬱綠，現在是晶綠。」

看海，及海風臘臘吹動曬晾的衣。

海風就夾著水腥、鹽味以及大把涼氣恣放穿越屋子，觸碰每一物件傢俱，再從大門揚長而去，留下白紗窗簾鼓鼓撲撲飛個不停。

一竿陽光香的衣件大大小小參差齊整，連成一個又一個安好平常日子，從我幼小伊始，那就是我眼裡最幸福的世間意象，衣服隨風颺起，衣角連上藍天，整襲衫裙的世界變闊變遠，是那種怎樣高遠都繫著定點的安全飛翔，多像我，有牽繫就敢勇闖，那一點牽絆的力量，才是存在的感覺，一無所屬，無邊寬闊會令人心慌。抽離撐持飛翔準度的絲線，大氣流動中自行使力放力全身迎風鼓翅用以尋找存在的全然實感，是我這些日子以來一直反覆練習不休的均衡滑翔姿勢。

旅行曬晾的無非幾件換洗內衣褲和一條手帕而已，單薄得實在連不成完整的什麼，我看著一整個紅塑膠多個一體晾衣夾，在風中翻飛颺盪，起不了任何變闊變遠或冒險的想像，但偶爾的它翻得夠高高過陽台柵欄，竟也拉起一大片遼闊天海無邊的藍。

二〇一三年六月將過，我在石垣島。

去國二七〇〇公里，定點旅行二十一天，行走、運動、養生、炊煮，過只假日才去海邊離島度假的島嶼庶民生活，唯一的旅伴ＣＬ說：「大家都說妳可以去寫作，問我去幹嘛？我幹嘛，我去發呆啊！」

沿長長的二號線公路，一路細數大葉欖仁、馬纓丹、鳳凰木、紅扶桑、木麻黃、茄冬、迷迭香……，「連蓮蕉都有」，ＣＬ說，植物和臺灣完全沒兩樣，兩地時差才一小時，夏日陽光和臺灣神與貌皆相似，食物合口，風土人情相近，但海水無污染、治安好、車少廢氣少噪音少高樓少，石垣市多了從骨子裡透出來的安靜悠閒與整潔，時光悠長小城鎮的明淨感。走到八重山郵便局，買十張明信片貼妥寄往臺灣的二十日圓郵票並加貼航空標籤，堅持分五張給ＣＬ，她立即回應：「我寄給誰啊我！」

「想，一定要逼自己想，在遠方，妳最想寄一份心情給誰？一生，數不出五個人嗎？妳和動筆的人在一起，就得做點和平日不一樣的事。」

好性情的ＣＬ很快被說動，空氣浮盪起一層薄薄的感性。一個我，衛星環繞著的五個人，合組浩瀚星河的小宇宙，人人果真都篤定自己能擁有用一生情緣架構起的不移易的運行軌道？

我自己突然笑了起來：「不過記得的輸入的都是號碼耶，根本不知道地址。」ＣＬ笑了起來：「還好我記得女兒家的地址！」

「我前兩天要去朋友家，背了她家地址，剛好就寄給她，那天在她家很愉快的。」

一定會將郵戳蓋上八重山的十張明信片寄出去的，我和ＣＬ嘻嘻哈哈從郵便局走出來，今天要往公設市場走去，那兒有海鮮、黑糖、魚板、貝殼餅、辣油、海鹽……，你所聽聞的石垣島，那兒都有。

至於認同與背離、連結與斷裂，那些隻力何能抵阻命運，世事一場惟沉艱，小民低低吟哦起的幽微感傷時代曲，無聲摺藏在看不見的歷史扉頁，那是太多嚮往透明海水細沙海灘的你，一直都不知道的石垣。

傍晚回到公寓，我對ＣＬ說，早餐是在向海的陽台，晚餐，就換在向城市這邊的走廊吧，沒搬動桌椅，一大鍋味噌青菜石斑魚頭湯加兩碗晶瑩白米飯，我們赤腳坐在門前樓梯口吃，對著一城次第亮起的靜美燈火，和遠處沉默柔和的山影。

明天，我想要去八重山博物館，再去看石垣市立圖書館。

08 風格

人生實難，生命又如此費解，死之將至，所餘唯風格而已。

大家對她眞是愛不完，套用她招牌歌裡的一句「還有誰能比你可親又可喜」，很少有歌星能像鳳飛飛這樣，用歌聲鼓舞過一個欣欣向榮的年代，背景過一段簡單的歲月，純樸的日子。

她去世的消息傳來，走過七〇年代的台灣人，似乎都可以找出個人生命中一首鳳飛飛的歌，私密著只屬於自己的記憶形式。

我這樣的靜靜擷取她：她用「林秋鸞」立位，回歸初起的那個年輕愛唱歌的大溪女兒，讓終點也是原點。我無法參透她用怎樣的心情面對和心愛丈夫罹患同一種致命的疾病？我可以確定的是身爲歌者，她必然以終不能發聲爲最深重的遺憾。丈夫去世後，她抗拒做體檢這事，我完全能夠體會，陪伴過心愛丈夫病與死的人，總有一些不足爲外人道的，近或不近情理的堅持。至於她省略過程只給結局的死訊，用最簡單的交待處理人生最難的大事，雖然我與她聲名的亮度不能相比，我依舊要說，我懂，我必然也是。

一個人處理死亡的風格，通常就是那個人或顯或隱總之就是最眞實自在的，生之風格。

我想過，這樣的人通常本份素靜，疲於社交，這樣的人通常，獨擔。

我心愛丈夫在安寧病房最後的那段時日，我被迫一夕成長，他有好多急於要教會我的事，時光流速如此遲緩滯重，我們還有很多話要說，我們眞喜愛一輩子都不夠的靜靜相守，年年日日。

每一個到訪的人都會讓他從昏睡中勉力睜開眼招呼寒暄，如他一向的客氣有禮，每個人都想知道病情狀況，身心勞瘁的我便得一遍一遍反覆重述，免不了有人要關切的提供各種保命的獨家方式，並要求我切實執行，善意在不恰當的時刻反成負擔，我的痛苦太深，禁不起再承受一根稻草的壓力，於是我婉拒親友的探病。

熱鬧，溫馨，笑與淚都是風格，安靜，簡單也是，以善意之名也絕不能用自己的風格去涵蓋別人。

對受苦的人，成全與理解就好，而節制自己妄加的論斷，是爲對他人風格的眞正尊重。

生與死，無他，唯風格而已。

09 細節

除非親自走過，否則我們得到的往往是籠統的概念，而過程是一分一秒充滿細節的發生；我們知道的是名詞，事件的發生與結束是動詞。

所以，佛光山永固法師眼睛不對勁，醫生檢查後遺憾的對他說老花了，法師開心的表示，他終於可以親身體驗「老」的一種滋味。

F是眷村女兒，讀初中的時候，爸爸帶她走過鳳山的一條街，指著路名用很濃的湖南口音大聲說：「你一定要知道這個人，你一定要知道這個人！」

街以人命名，叫做：王生明路。

民國四十四年一月十八日，共軍以一萬多兵力，海陸空三棲實際聯合作戰攻打一江山，持續轟炸、密集登陸、火燄槍狂攻。一江山，八個中正紀念堂大小，一千多兵力死守，絕島孤軍，慘烈空前，百餘人被俘，其餘皆戰死。

王生明，臺灣保衛戰一江山戰役指揮官，壯烈殉國。在歷時六十一小時十二分鐘狂烈戰火之後，他與大陳長官處的最後通訊是：「現在敵人距我只有五十公尺，我手裡有一顆給我自己的手榴彈。」

F長大後一直在報社工作，這幾年報社常舉辦軍史研討會，她因此認識王生明將軍的獨子王應文先生。

在基隆送父親上船時，王應文才十三、四歲，他說父親先帶他上船認識一些伯叔，再送他下船卻並不立即揮別，反而陪他走向汽車站，當時下雨，父親拿出手帕覆蓋在他的頭上，爲他輕拭頰上雨水，雨很大，手帕其實無濟於事。無論過了多少年，說過多少次，現在已七十餘歲的王應文，一提這段往事仍會淚崩：「早知道，我一定要用力抱他一下」、「我一定要親他！」

這是一場「必戰無活」的戰役，四十四年一月一日，王將軍回臺獲贈勳章時就已經知道，軍人什麼都不可透露，在家十多天，他對妻兒無非都是一些家常叮嚀，只默默的帶他們去相館拍了一張全家福照片，我從紀錄片看見照片，美麗的夫人眼裡有著一抹哀愁。

王應文說父親要他敬愛媽媽，努力讀書，最後那封家書殷殷叮嚀著妻子「只望妳把家裡整理好，錢要節省用」，至於自己，他只說「我什麼都不想了」。

呼吸著家的氣息，平靜的拍全家福，沉默的上船，要赴一場不能回來的戰役，王將軍的一分一秒；明白些什麼，只有靜默與認命，王夫人的一分一秒。

幾年前，有個一江山被俘的士兵回臺灣，垂垂老矣的他還是得提出說明：爲什麼我們不死？受傷了，想死也死不成。

戰爭留給歷史，即使歷史未必眞正公道，感知留給自己：生命實有比艱難還艱難的事，生、死，以及生與死之際都是。

而F的話說得眞好：「雨中那小手帕，是國旗的重量。」

風乎舞雩
May, 26, 2012 日月潭 奏麟
子路之願車、馬、衣、輕裘，與朋友共，敝之而無憾
曾皙之暮春浴乎沂，風乎舞雩，詠而歸
幸福，其實是一種感覺，
恬靜淡泊，與世無爭，喜歡享受自得其樂的歡愉
知足的心就是幸福，自己過得好的時候
要記得也要讓你的親朋好友幸福

除非親自走過，否則我們得到的往往是籠統的概念，而過程是一分一秒充滿細節的發生。（葛奏麟攝影）

10

我那些跳排舞的姐妹們

說姐妹，是抬舉自己；其實是我自己單向且忠誠的欣賞著她們——我那些跳排舞的姐妹們。

無論夏天冬天天都已暗的晚上七點半，我悄悄沒入隊伍最後排，跳完舞，八點半，我又遁夜色而去，黑來黑去的她們當然很難對這樣的人有印象，更何況，活得久了，人身上自然形成一種獨特氛圍，「我們這種人」，總讓旁人有一點點說不上來爲什麼的，文文的距離感。

對我而言，排舞的最大魅力是獨舞，你個人跳到荒腔走板了，也不會影響到團體，但若是踏對板眼跟上節奏，和一整個正方體不慢不遲同步轉向，那可也眞是令人打從心底湧起無比的驚喜。

就這樣，從數不清幾次的月闕跳到月圓，從夏天大汗跳到春花綻開，從舞碼一之一跳到九之一。但是，會讓一個在書桌前一坐下就像往地表坐凹了一個窟，從此不想再爬出來的人而言，每晚，黑來黑去的，一遇下雨還會在陽台自言自語「雨小了，會不會大家有去跳」，我在想，絕對不只有排舞本身的魅力吧？

是我那些跳排舞的姐妹們。

剔除幾個特別年輕曼妙的身影，姐妹們平均年齡五十上下，職業多元而以家庭主婦居多，身材很一般而以不同程度發福的居多，她們學習認眞且彼此打成一片，人活得久了，身上自然形成一種獨特氛圍，我知道，她們漸漸且深深吸引我的，正是我身上最缺乏的那些元素。

所以，不只文學創作，這娑婆世間善惡美醜本末因果諸樣情事的基底根源都在於，人。

直截了當，繪聲繪口，她們有自己準確得不得了的語言腔口。對那支大家顯得沒啥興趣的舞，「這首——尙、沒、人、緣」；對那總令人猝不及防的間奏，「實在足想要把伊捻掉」，捻掉青菜壞葉那種捻；「那這首，眞正是要先吃維骨力才有法度跳」，全首扭扭加曼波跳起來當然要人命；當跳完一首人人都對拍的舞曲，「唉喲，阮們那ㄝ這呢ㄚ行」，自我良好的感覺是會傳染的，剛學會一支新舞曲的時候，最近有人用的是這句話：「喔阮這一班，實在是有夠強的！」

小孩拎個才藝班包包上課下課，回家從沒打開過，我跳排舞就是這種才藝班模式，所以每一首剛開始都得先有一段慌慌亂亂記憶重建的過程，姐妹們可很少人如我這般曖昧，她們走的是會就是會，不會就是不會的路數，人家她們回家都有復習。

我聽到她們有人這樣說：「我睡覺躺在床上，都用腳趾在複習舞步」，「我去等她的時候，都在她家門口來回走舞步」，「我表面上在看電視，腦子裡都在想老師教的新舞步」。所以，我的「跳舞也是一種修行」說，也許只是自己的體會而已，我常感到跳舞一如冥想靜坐，一定要分秒專注，一有念頭，舞步就立刻錯亂，但是姐妹們跳舞時，腳步不亂，卻照樣可以話家常、說心事，從動聽舞曲的音符之間，常會飄來婆媳的過招、兩代的相處問題、老公的種種形狀，我也學會了「南瓜切片用奶油炒，再加入培根、雞肉，加水慢燉……」。

不過，世間眞正沉重的事，果眞是連舞曲舞步都承載不動的。有時候我看見她們明明說著話，動著腳步，可是第一支舞曲都沒跳完，她們就已拉著手坐到一旁去了，這時候，無論是幾之幾都失去意義，只淪爲背景音樂，曲終人散去，她們也起身離去，手還牽著，邊走，話還說著。

有個姐妹橘色舞字當胸T恤，深藍牛仔褲，我們的制服她穿得整整齊齊，頭髮挽起箍定，也一副預備大跳特跳的架勢，七點半舞曲響起，她走近，卻獨自在場邊坐下，支著頭，靜靜的想她自己的心事；很沉很重喔這事；她動也不動的從頭一直坐到尾。跳排舞的人影，遠遠看，月色隱約下是一個個挪動走移動作劃一的卡通黑影，那孤單一個坐在一旁的身影，就顯得份外的清冷寂寥，這一動與一靜、群體與孤身之間，我這才眞正看出了一點深沉的意味。

龍應台用來譬喻的是「一群人走山路」，成群的走一個時代，但畢竟自己的生命仍得自己孤單的擔；透過我跳排舞的姐妹們，我感到的是，自己的生命當然得自己孤單的擔，但可不可以不要那麼悲情無告，那個姐妹無聲在說，我眞的無法走進如常的喜樂，至少，讓我在邊緣，取暖。說不定她痛苦了一整天，支撐的力量就是晚上七點半，準時響起的舞曲，愛笑愛鬧的熟悉。

爲什麼大多數人都認爲，人在受苦的時候，總是一定要加個荒涼的場景？我是說對這人生。情景可以交融，更可以對襯；心情，當然是自己的事，但古今中外、聖人從地下再起都不容易改變我的話：

所有人，一概需要一個常在的立點，都渴望一座精神的靠山。

不只有排舞本身的魅力吧，是我這些跳排舞的姐妹們給我不同的視野，我算是個活得積極奮發的人，但骨子裡始終懷有對生命的纏綿不散的哀感，這是「像我們這種人」的自恃與自困。有一天，我心情沉重到跳不成舞，我有穿上制服挽起長髮如常靠近一個所在一群人的簡單篤定的認知與選擇嗎？我是否將自己過得太深奧難寫了一些，然後就由奢入儉難了。

我連同羨慕著她們的每天七點半，有事就去那兒，有人就言說的單純有力。我生命中缺乏的風景。

最近，跳熱身操的時候，總是一遍一遍又一遍，「再跳一次好不好？」，「好！」熱身操，那是基本的腳步四拍踏併加上打電話、擦玻璃、希特勒等簡單的手部動作而已，像我們這種已跳到九之一的班有需要如此重複再三嗎？大家請別忘記，我們這個班，實在是有夠強的。

直到有一天，我終於看懂。

一個瘦小婦人常帶一個智障兒來在公園散步，不知從哪一天開始，智障兒似乎對我們的熱身操感到興趣，一到熱身操時間就佇立我們隊伍前面，一天天從喜呵呵直直站著到能輕輕搖晃到雙手會微微在胸前擺動，婦人則不管初起或現在，始終笑彎一雙眼仰頭盯著那一百七十幾公分高很開懷智障兒的臉，於是，真的不知從哪一天開始，前頭帶操的班長每跳完一次，就大聲問那智障兒「再跳一次好不好」，我那些跳排舞的姐妹們哪容當事人置喙，總是大聲洪亮呼應著——「好！」

然後，月兒就依舊在天心亮著，節拍就繼續往前數著，那智障兒就又認真的開始左右輕晃，婦人就又笑彎了一雙眼。

那天解散時，有個姐妹問我：「你是——？聽說你學歷很高吼？」

「學歷和能力沒有相關，我什麼都不太行，連排舞都跳不好。」拜託，那是我從前才會說的話，我現在是「冤枉喔——，大學畢業全街仔路滿滿是，哪有稀罕」。

就在前兩天，有個新來的躊躇著在問加入的事宜，姐妹們指著中場休息時間總在一旁獨自敲著膽經的我說：

「你看她——，她來跳之後瘦了五、六公斤，剛來的時候組長要給她L號的褲子，我就給她說不行啦，一定要XL的才夠，現在你們看——」不必等她說完，我立刻站直身子，將手掌插入褲腰，以示貞的整整消瘦了一圈，然後聽身邊誇瘦聲四起，這時候她們沒有人會知道我心中想的究竟是什麼，但你，應該猜得到吧，是的，沒錯，我想的是：

這樣，我該算得上是她們的姐妹了吧。

輯二

小情意

小王子說：「最重要的東西，是肉眼看不見的。」

01

小事

至微小的原子、粒子、奈米，也自有其緣起及生滅。短，涵容到最飽合，是文學的一種極致。

小津安二郎始終就用小事當題材，《東京物語》至今仍是全世界數百個導演公認的最佳影片第一名。

1

媽媽梅珍、女兒馥華以及馥華的輪椅三者是一體的，結構成一座會移動的藏有玉石、草木澤潤青翠的小山丘。

她們常常應邀去分享生命的故事，梅珍的語言加上馥華使用電子輔具以額頭敲出字句，一起對世間有情訴說快樂在於思想不在環境；馥華只有聽覺，從二十年前那場因別人的過錯釀成的火災之後；每次她們演講結束響起的掌聲總是特別結實、特別密長。這是大事，她們生命裡有太多大事。

梅珍說，去校園，有記得也有被忘記在校門的導引接應，這一場，她們來到海邊的清泉國中，是校長親自在校門守候。

兩小時的演講，梅珍用三十秒說了一件小事：有一次幾個國中生一邊小心推輪椅一邊不斷相互叮嚀：「不要讓馥華姊姊的腳拖在地上、不要讓馥華姊姊的腳拖在地上。」這時候，她看見善良的小種籽，正飛落在柔軟的心田。

和聰明、才能、優秀站在一起，善良，實在貌不驚人，但是世事一番劫轉變，歧亂異質得另人瞠目結舌，善良，多麼純美皎然的初起，荷芰娉婷出水前，落入軟泥的一粒淨白無垢的種子。

一切都安住在一念動機，無論話語多微薄，行爲多渺小，一滴水，落在大海，將永遠不會被蒸發，直到大海枯竭。

2

母親當了好長一段時間的獨居老人，彼時，我使盡全力企圖爭抗生命意志接受極限試鍊，根本無力關顧住隔鄰城市的年邁母親。而他必定直接間接聽我說過母親自理三餐的簡省輕忽吧，從某一天起，他天天中午送便當給我母親，一直到母親病倒才止。

「那個葉老師，」母親一逕的笑，「他摩托車一停，就拎著塑膠袋走進騎樓喚『石媽媽』」。

我一說謝，他就說：「小事，我正好管理學校的團膳，剩菜剩飯，我騎車回家順路啊。」

一天、二天的有些交情的人或許都可以勝任，天天，就不只是交情；回家是每個人心中的一直線，再怎麼順路也還得特別拐個彎專程趟一下，母親在家，他們開門一照面歡歡喜喜，母親剛好不在，他就將便當放在門口的鞋箱上，母親一提起這事就呵呵直笑，我則舒坦於至少母親一天能有一餐穩當像樣的魚肉飯菜。

後來我從他妻子口中得知，他經過母親家門有事沒事都習慣溜一下眼，有時他中午有飯局，也會在一結束後比平日時間稍晚送便當去母親家。

母親逝世那一天，他回去告訴妻子：「石媽媽家有事，門口看來怪怪的。」

母親離世六年多，門口有一只舊鞋箱，上頭間或放著一個裝有便當塑膠袋的三樓透天厝也早賣給了別人，他與我和所有浮世眾生一樣，各自順由自己的人生因緣一路向前，時日一久，就消失去再三重提一件人事全非微星記憶的絕對必要，我若再提起會如何？

「那個葉老師，」母親一逕的笑，「他摩托車一停，就拎著塑膠袋走進騎樓喚『石媽媽』」。我一說謝，他就說：

「小事，我正好管理學校的團膳，剩菜剩飯，我騎車回家順路。」

3

西川滿和西川里有關連嗎？一點都沒有。

西川滿（一九〇八～一九九九）是臺灣日治時代的日籍作家、藝術家、裝幀專家，在臺灣成長、求學三十年，作品以臺灣的歷史與風土為題材，文學風格浪漫、耽美，他稱臺灣為「華麗島」，對臺灣有很深的感情。

西川里，我居住的社區，臺中之南，古名「半平厝」，半間房子的意思。文獻記載：清朝末年霧峰林家後代，當時官拜中路統領（相當於中部軍區司令官）的林朝棟曾經在此開設租館，租館的建築物後來倒了一半，所以此地便順理成章的以「半平厝」為地名了。自清朝以來，居住在西川社區的居民以種植蔬菜佃農居多，是早期批發市場的主要供應產地之一……。

遙揖柳川、近偎麻園頭溪，西川里的確有河川，而且水文甚豐富，但打響西川里的是鑼鼓鎖吶小鼓吹——全國知名的古禮迎親隊伍，西川里於焉而有繡球彩樓、新郎街、四句聯牆、花轎電箱，社區打出的口號就是「鴛鴦水鴨住西川」。

比之都會大臺中，西川里眞是純樸小庄腳；比之作家、文獻、社區營造這些大事，「居住在西川社區的居民以種植蔬菜佃農居多」屬沒人入眼的一椿小事。

但就這椿小事，無論溪邊或牆頭，雞冠花或九重葛，西川里的花，總是特別豔而明、大叢而有力，春天一到，錦葵、蜀葵、橋頭芙蓉花亮燦燦的碗口般開，眞是不得了的眼花撩亂，滿眼是花，彩光流晃，襯著沿溪一整排新綠絨絨透光亮著的小葉欖仁，天空假如藍得不夠猛會顯得稍有歉意，因爲撐不起可愛小西川這一片錦春好畫幅。

秋天，沿溪還再加它一整排張燈結綵臺灣欒。

二〇一二年夏天，西川滿的文物在他最愛的臺灣展出；佃農被工商業汰取，迢遞光陰中改用最豐美的花樹護愛家園，兩者都讓此生遇合過最美好的那段因緣流長化遠，形式不同的成爲一種淡淡靜靜的存有，生命不滯不礙，意義更爲悠遠。

就因爲這樣吧，華麗島和新郎街、西川滿和西川里本來是一百八十度，是我自己，天天走在溪

遙揖柳川、近偎麻園頭溪，西川里的確有河川，而且水文甚豐富。

邊，很私我的小小滿足著他們的新聯結——花滿西川。

4

馬克杯上印著一群嘰嘰啾啾的小雞，毛絨絨明黃色前嵌上三張照片，老師從背包裡拿出來放桌上，眼眉已有喜色，另一位老師一看，輕呼出一個名字「WW」，兩人就對著杯子連聲「好可愛」、「好可愛」。

她們說杯子是同學幫WW做的，我問WW很高興吧！

不可能的，她們異口同聲。WW多重障礙加自閉，高職二年級，但認知程度還不到因為擁有一個印有自己影像的杯子而開心，更不用說去體會人與人之間難得的溫暖善意，但同學已習慣照顧他，全班每個人都做自己的杯子，他們不會漏掉他。

班上同學都很懂事，隨班助理老師的心力都放在照顧WW，而大家都知道，WW最敢盧的人就是助理老師，盧起來的WW眞的很番。

這兩位特殊教育老師說：「不過，WW有進步耶。」一看見別人臉上的眼鏡就伸手去摘，原也是他的固著，老師一直教他不可以這樣做，「現在，他這動作少了很多，有時手會停在半空中，然後就縮回去了。」

兩位老師喜孜孜的說，然後秀出手機裡一張照片：

WW側著頭顱半身貼在桌上，助理老師俯首凝神正輕輕為他剃鬢角，手力夠柔夠輕夠軟吧，WW很乖順的舒服的閉上眼……。

校門口拉白布條、聳動記者會、人本介入、當局考評搜證是沸揚的大事，對很多特教老師而言，謹記並奉行「這些孩子一生最快樂的時光是在學校」這句話，實在是，小事。

被簡單打動的心，最難轉移。
流星劃過無垠虛空，澤亮過暗蕪。
不可窮盡無量無邊，人生一瞬。
芥子，小宇宙。

西川滿和西川里本來是一百八十度，是我自己，天天走在溪邊，很私我的小小滿足著他們的新聯結——花滿西川。

02

SANDY小姐要出嫁

無中生有的魔術

有一個美妙的義大利措辭——無中生有的藝術；幾種簡單配料變成一場盛宴，或是幾個聚在一起的朋友變成一場喜慶的藝術。

這種本事，聽說有快樂天賦的人都能上手。

世事自有各自的承接與負擔，但接收SANDY小姐要出嫁這則訊息後，我朋友都展出亮底牌的一擲氣魄，讓我不禁在厚重的深心感謝之餘，偶興飄逸的聯想：

莫非他們都具有平日看不出來的快樂的天賦，只是，生活就是生活，浮在層面的事都忙得夠累了，誰還有內照天賦的逸趣？簡單說就是天賦一斤多少錢？大家都會承認比較在乎的是今年年終獎金實發半個月或是一個月。

但存在是火星未滅的灰燼，天賦會掩沒終究不會消失。

無，是一疋素胚布；主婚人怕麻煩加上新人愛簡單，等於一場樸素低調不想有任何新意的訂婚宴。然後，有一天，主婚人與幾個朋友聚在一起，說起當招待，說起喜宴平平至少招待給人留下印象吧，說日子都過得千篇一律，辦個喜事也沒怎樣嗎？不然，不然，我們來玩一下吧。

喜宴的女招待全穿新航空姊服，男招待穿印航空少服，新人進場前，大家光嗑瓜子太無聊，那就，上菜前唱幾首歌熱場一下吧。

就一下吧。

快樂是彈力球，一下，就波波波波滿天飛。大家開始不斷爲婚宴流程加碼，主人索性放手BOT，讓朋友們採全包式認領承攬，領桌、喬桌、禮金、禮餅、祝福卡、吉他、電子琴、歌唱、手語、獨唱、合唱、全場帶動唱……。

素胚布潑染上顏彩，「有」得格外明亮絢麗。我家安靜太久了。

而我那些有快樂天賦的朋友，各自回到專司抹殺天賦的如常生活裡載浮載沉，留那一晚夢幻廳的訂婚喜宴，像一場金忽忽的無中生有的魔術。

我以無限欣悅大聲相應

很多很多天之後，我問SANDY小姐：「你吃完別人的喜宴，會特別告訴主人喜宴那天如何如何，會一直談論嗎？」SANDY回說不會，並說她回到學校，同事們見到她也說個不停。我再問我學妹，她快人快語：「誰會去多說什麼？」然後十分張愛玲的說：「那是銀貨兩訖的事。」

那麼，關於你那場喜宴辦得很好這些話，並非純爲鼓舞打氣而給我的客套善意了，那眞的是一場令人感受非常不同的喜宴了。

蕭蕭、渡也、路寒袖、康原、陳憲仁都陸續上了台；有人聽鄰桌在說「文學之夜喔」。

一整晚彈吉他唱民歌的是哪個學校的校長？詢問度最高的一直是這句話，「清、泉、國、中，海線，清水」。

而僅次於這句的高密度詢問是：「那主持人是誰？聲音這麼甜柔好聽？」「明道大學

國研所所長」，「難怪！」，「難怪怎樣？」，「特別斯文氣，讓人很有感覺。」

「怎麼你們手語這麼熟？」「拜託，事先練習好幾次了。」

好久沒這種感覺了。不知道爲什麼就是好開心。有人這樣說；一整晚沒有冷場。有人這樣說；最多人的用詞是「溫馨」。

有人卻在宴喜不同的時間點，感動得哭了。

寶月老闆娘說不會打簡訊，特地寄來一張卡片，一開頭就寫著：「讚～讚～讚～讚～」。

當主人的光只會看見瑕疵，始終懸在一種眞空透明但輕微恍惚的狀態，只專注於應對每一秒的眼前，根本無法梳理感覺融入情境，而眼前如此又似幻還眞，在很多很多天之後，我才能在山谷駐足，一遍一遍驚喜於四界泠泠的回聲，並以無限欣悅大聲相應：

我們的家負責蓄存愛的能量，讓她帶往她自己的家，再生與蓄滿。

若無恁許好緣，何能助我織就這般榮景？

這是我們的家

SANDY小姐要幸福喲！有兩位阿姨喜宴隔天就去大甲鎮瀾宮爲準新娘祈福。

這女孩眉眼開敞，從小乖覺討喜，爸爸含笑病逝，臨終前，聽我不斷訴說的，就是女兒如纖縷溫柔的幼細往事，以及三人共有的芒光鑠亮的微小幸福，這是爸爸今生最有意義的擁有。爸爸病了，我不知她如何獨擔生命霹靂忽起的雷閃，卻知道懂事的小孩都會假裝堅強以免增添其實一直在硬撐的媽媽的負擔。爸爸去世後，有一天，我發現這從小平和嬌憨的女孩變強悍了，她說：「我必須這樣。」

而又能親手爲SANDY小姐準備便當，是我走過傷痛的一個里程碑。

女兒從不挑我煮的菜。這些年她上班常帶便當，通常不過是昨晚的剩菜飯。一個便當，一盒水果，一個小熊提袋，一年一年的歲時年光。爸爸最後的日子，我忘了有多久沒爲她準備便當。

她每天又有一個便當，一盒水果是爸爸離開好幾個月之後，一天一天的歲時年光，然後，李家就來下訂婚結婚的日期。

爲女兒準備便當，天天做，深更半夜也做，有時買外面的主食，也要燙個青菜什麼的，一起裝進便當，揀揀排排；一個便當，一盒水果，一個小熊提袋。

好珍惜這時光。

好時光來來去去就走成一場人生嗎？

女兒出嫁，再近，我都不能再這樣爲她。怎樣叫嫁得近？天天能回家吃晚餐？但是，吃完，她一樣要回家。

小時候，我們剛搬到新家，她跳跳玩玩好開心，可是，天一黑，她就對我說：「媽媽我們回家吧！」我笑彎了眼回答她：「這就是我們的家啊！」

再近，她都有她的家。我們的家負責蓄存愛的能量，讓她帶往她自己的家，再生與蓄滿。我確信SANDY小姐眞適合擁有自己的家。

訂婚前兩個月，SANDY小姐開始分批洗自己的小熊並曝曬。

五花八門大大小小的小熊成列擺在她床頭，從童年到少女到教書到，出嫁。

她最愛的那隻「孤兒熊」，從SANDY小姐小學就來到我家，曾跟著小主人去高雄讀大學、去台北讀研究所，牠是一定會陪嫁過去的，其餘的，洗一洗，等小主回來。

SANDY小姐下旨：「將來給我小孩玩。」

這女孩小學四年級班上同樂會摸彩抽到一組小玻璃對杯，隔一天，我要她拿出來借我用，她說：「我想留給將來我和我先生用。」考慮了一小下才說：「好啦，好啦，借你啦。」

就是這樣的一個女孩要成家了，她眞宜室宜家。

生生世世攏好命

漣漪宕開，拓寬，平滑，湖面重新平靜的日子，我和女兒一起整理祝福箱裡的卡片，一張一張攤平、睇閱、笑著、輕呼著。

人事主任叫她快些去領結婚補助、生育補助。

當國文老師的阿姨嵌入新人名字寫了：「涵育天地喜樂／儒養人生幸福」。

敏達叔叔將紙摺了一層又一層，祝新人：「甜甜蜜蜜，早生貴子」。聽說喜宴上菜前，他不時起身站著；站著，才方便立即接應支援。

康原伯伯祝福卡的一首歌詩，最是撒網海天一收攝，穿透所有形式的直抵著每個人的本願初心：

伊是形　汝是影
海水是鏡
照出離袂開的形影
汝是形　伊是影
命運註定牽手行
生生世世攏好命

——〈形影〉

訂婚宴當晚就有人說要去我家陪我住一晚，怕我不適應女兒出嫁的第一晚，但這只是訂婚的女方宴，SANDY小姐還和小熊們住在我們的家，過年前，人家李家才要來迎娶！

是喔，我的朋友不求甚解各自收拾帶來的道具及打包的食物，與他們天賦但隱藏的快樂，走出餐廳，冬天，微雨初歇，夜色清亮亮的，空氣涼潤涼潤。

我站在街邊，仰頭，向著無盡虛空，承諾已達的坦澈。

SANDY小姐要出嫁，生生世世攏好命！

訂婚前二個月，Sandy小姐開始分批洗自己的小熊並曝曬。

03

住在隔壁家的TOTORO

我的鄰居TOTORO很久以前就住在森林裡，只有小孩才能看得到他，那將是奇妙的相遇。小米爸爸這樣告訴小米：「有福氣的人才能看到TOTORO，看到TOTORO會得到幸福。」

深更半夜看宮崎駿二十幾年前的作品《龍貓》，一個人哭到唏哩嘩啦不能自己，走回臥室前關掉家中最後一盞燈，明滅之後，看見自己的啜泣聲，連袂穿過窗口，從屋宇一個個沿著風的甬道，飄散到一整個黑夢眠睡城市的紫藍夜空。

豐饒的綠地田園，清澈潔淨的溪水，單純美好的人情，貼近小孩的溫暖明理的父母，親愛無比互助的手足，那勇敢堅定與純眞無敵、那愛和願念的大實現，那朋友們坐在大樹頂梢，一起吹奏只響在月光下的陶塤，啊——，怎不讓人突然心房一撤，如同撕去千年封條符咒的剎那，原本塵封在很日照不到的那一塊底部心情，猝不及防的就從鬆動的記憶板塊衝冒而出，在這單純會被取笑，純眞業已遺落好久好久的，我明明活得不錯，卻眞的很難完全契合的年代。

天罡地煞衆魔星重返人間，我倒也能大氣的認了，反正在劫難逃就咬牙迎戰，人生基本上不就是大小局面不一的勘亂史，但我那一直壓封在深底，久了就以爲它們會自動消失不見，又好久了就似乎它們從不曾存在過的東西，竟然是，對單純美好人事的信仰。

這世界變化的速度，遠超過我們年歲的腳步，從前人的一生只管記憶一個山凹一個村落，連來生都仍有可能一般雲樹一般牆垣，現在，我老覺得自己被新事物推搡得碎步快

從前人的一生只管記憶一個山凹一個村落，連來生都仍有可能一般雲樹一般牆垣。

走，每一回頭，景物就倏忽全換，急急想說那三十層大廈原本是一片倒映天光雲影，白鷺絲愛站在那兒沉思的漠漠水田，那快速道路有一地野薑花和隱在花下的小野溪……，咳，憑空該怎麼說起呢？那急急想說的太多的消失不見的我的從前，以及我衷心戀慕的從前歲月的靜純美好。

有好些年，總覺和周遭環境關係卡卡，我甚至懷疑自己的蠢笨活該，這些年，我完全不這樣想了，明白那些精刮伶俐機變算計，拉長時空一看，原來仍是一種蠢笨，也學會那就這樣不然是要怎樣的乾脆了當，將所有彆扭不對勁格格不入當做發發牢騷氣過就算了，就仍可以好好過我的。只是一不小心，我被《龍貓》卡通打得潰不成軍。

鋒面過境中南部大雨的五月天，夜晚，雨細小了些，不顧家人的阻止與質疑，我堅持外出購物，從那晚懷著複雜微妙哭過的心情入睡，好幾天我都想撐傘走在雨中。公園旁的路燈，灑下一襲金色有斜斜雨絲針路的光網，披罩在大樹、草坪、涼亭、灌木圍籬上，黑暗中一派忽忽的金亮宛如夢境，車稀，人少，公車亭很瑰色明麗。

TOTORO雨天戴荷葉遮雨，第一次感受雨滴被傘阻隔的奇妙，驚喜的跳了起來震下雨珠的簾幕，認識新朋友就送她一份竹葉包紮的樹種籽，有困難去找他，他會讓貓巴士送你去你想到達的任何地方，TOTORO的眼神溫煦平和。我的鄰居TOTORO TOTORO TOTORO TOTORO，假如你在雨天的站牌下，遇見又被雨淋得濕漉漉的妖怪，那就借他一把傘，看完《龍貓》之後的好幾天，我都一直一直好想哭。

作家楊照曾在文章中提到宮崎駿希望自己能活到一百歲，因爲他想親眼看到溫室效應造成海平面上升，東京鐵塔站在海中小島上，紐約曼哈頓被淹沒在水裡，他的意思是，世界人口銳減，所有都市裡的摩天大樓都成爲空屋，然後，荒野綠草才能在人類文明瓦解的地方重新占領。

徹底毀滅後才有可能重生，那麼單純的人與人之間，單純基本的價値觀，也能重新來過嗎？宮崎駿這段話說的是他對於文明最深刻的悲觀，那晚，我掉落的是美好回不來，傷逝純眞的淚水。

是這樣的吧，我脆弱的塵封對單純的信仰，卻莫名奇妙的老爲一些自己無力改變的現象憤怒生氣，其實就是仍然始終不渝的信仰著單純。

那我會爲哪些事憤怒？不懂得尊重的任意介入，閃爍的眼神呑吐的言語，僵化的官腔官調，不敬業的服務態度，選擇性的冷暖對待，強權不動聲色侵凌弱勢，富人的窮極奢華，風災水患永遠摧毀不到的富帝寶璽，孫芸芸穿短裙高跟鞋拍吸塵器洗衣機家店廣告……，我想我應該是大量缺乏維它命A、B、C以及D、E、F，並且該強力補充雌激素賀爾蒙。

聽說玉米對健康有益，小米緊緊懷抱著玉米，堅持要送給住在七國山醫院的媽媽，以至迷路而失蹤，在孤單害怕的暗夜裡，她懷裡的玉米仍然被緊緊圈護。而我一直以爲鬆手會比較好過，沒想到鬆手並不能帶來遺忘。

宮崎駿卡通的勇敢少女常是短髮、一雙堅定的眼神，比如小米的姐姐草壁皐月。宮崎駿的工作夥伴曾質疑皐月的角色所做的事，似乎不太可能，宮崎駿生氣的說：「怎麼會不可能。」當工作夥伴再說皐月只是小學生，竟像個母親一般照顧妹妹與家，宮崎駿生氣的大聲說：「因爲我就是這樣。」

宮崎駿幼年，他的母親罹患肺結核，在病床上躺了九年，開始的幾年都在醫院裡度過，父親則在飛機廠工作，他像劇中皋月一樣要照顧兩個弟弟並且做家事，兩個弟弟很愛哭鬧，只有在他講故事的時候才能安靜。

幼年，綿長深遠的影響且註記一場生命。

小時候全家共乘三輪車，爸媽膝上各抱一個弟弟，我蹲在踏腳處，手拉著車夫坐墊的後彈簧，背部倚靠爸媽的腳，感受弟弟們時時踢動的不安份，下雨的時候，從車蓋拉下遮雨棚，外頭有風有雨，一個小空間裡一家人全都安在，聲息相通，肌膚親炙的感覺更加清晰可戀，我總在心中不斷祈禱，三輪車請不要停、不要停，載我們全家到天涯海角，不要停……。

一家人全都安在，聲息相通，肌膚親炙，是無常世間最無換的美好，最恆常的失落。小時候並不明白為什麼，長到好大之後我才恍然大悟；父母俱存，兄弟無故，人世第一等快樂。

我不動聲色的萬分害怕著美好事物的消失，從小時候到現在，你不必懷疑哪有成年人會因為觀看《龍貓》卡通而哭泣，「因為我就是這樣」。

只有小孩才能看到TOTORO，我深信看到TOTORO的人會得到幸福。

04 小情意

時間的光影在牆上移走，潛而靜。

時時會有扶疏的枝葉投影在牆面作天然的畫，光線緩移，畫就慢慢變化，淡褪了，明天，若仍有光，就仍有畫，不會與上一幅完全雷同。

光，素牆，影畫，悅喜，潛而靜。不喧嘩、不張揚，留留去去，我身邊的小情意。

送上門的東西都是日常實用，蔬果魚肉粿粽糕點，大家日子家常過，我大概被有些朋友們納入了家常，一箱痲豆文旦寄到，提醒我中秋，一箱鮭魚鯖魚送來，該過年了，還有許多帶出場的友情邀宴稍不管理就會失控，我常只有說謝什麼也沒能多回報，我身邊許多的小情意。

CH近輕熟，輕盈逍遙，除了一通近午夜的電話裡多分享一些她學佛的心情，從沒對我多說多做什麼，三三點幾歲看我已是最好少亂造次的長輩。再次一通電話輕描淡寫亂聊些連續劇、影片，間奏著她不必有來由的哈哈笑聲，當然必定會說到李大仁，就在「我傳給你」、「唉，你一定要看剛開始那段」、「哈哈」、「你點一下就有」……，輕鬆飄忽流動的碎絮語言中，不知如何插進了一句「你看一下《P.S.我愛你》」。

一部快節奏明亮流暢的電影，喜劇風格處理悲傷的死亡；那災難之最的喪失配偶。

我是淚流滿面看完這部浪漫輕快的電影像看見自己。沒有捶胸頓足、聲嘶力竭，就是過日子：生日、親人、好友、死去丈夫的愛；頹廢、隔絕、走不走得出來、獨自生活裡兩人的身影、一直一直執著要找兩人專屬的感應與聯結。影片裡，丈夫一步步用預留的安排與指示，導引她走出傷痛。

最後，她被安排旅行回到與丈夫初遇的地方，薰衣草漫山遍野的紫幻迷濛，亮藍天空，褐紅山徑，當年那一個滿懷藝術創作理想，率眞美麗讓丈夫一見鍾情意欲勇闖人生的年輕女子。她明白丈夫在告訴她什麼。

她振作奮起，拾回早已從婚姻現實蒙塵遺忘的創作天份，拾回丈夫最初始愛的那個自己。

影片其實更多層次多指涉，但這部分我看得眞懂，影片結尾眞相大白，那些一步步指示的信其實是媽媽的安排，悲傷的你自有你悲傷的無上理由，但眞愛在兩人之內，也在兩人之外。P.S.我愛你。

飄飄的，卻很有內力，天天教書、家教卻會想辦法過秋楓冬櫻生活的CH，哈哈的，爲我遞上她的小情意。

長長封閉後第一次出現公衆場合，就遇見TS，他對我說，一直沒聯絡沒慰問，但「不知她怎麼樣了」這念頭，在他尋常日子的運行裡一再閃現不休止。

不多久，他寫下一篇散文，從國小老師的兒子左小腿全部切除的事說起，左小腿不見了，但還會疼痛，因爲小腦已跟了人四十幾年，大腦還沒忘記它。

「原本處理疼痛感的脊椎神經元被縮編後，變得無事可做，因此，爲了假裝忙碌，這些神經元還是不斷將假訊號傳到大腦疼痛中心。」TS上網查了資料，在文章裡繼續寫道：「然而，既然訊號是假的，爲什麼不給人快樂的感覺，而是以幻痛來折磨人？網路這樣回答：『愉快的認知過程比疼痛複雜多了，因此無事可做的神經元傳送疼痛訊號比較簡單。』他用十七世紀英國法學家約翰．席爾丁的話小結這一段：「快樂只不過是痛苦的中場休息。」

生命原本就大方設計給痛苦，TS眞正想要說的是用溫暖戰勝幻痛，不管遭遇多少生離，或死別，「專注在共處時的溫暖記憶，要連死去之人那份一起好好的活下去」。

「或許在生命未完的大雪旅程中，因爲溫暖，不再幻痛，然後可以顫巍巍立起。繼續，往前走……」最終，文章以這樣的溫柔理解結束，這篇文章題目叫「幻痛」，TS寫給我的。

顫巍巍的再站起來，我來到文學的場合說散文。

散文很私我，素顏相見；過日子，散文就好，透過麥克風聲音外擴，聽在自己耳裡，前世沒忘乾淨一樣，熟悉莫名又忽忽若遠。

下課，一位學員留下來和我說著話，她說她是我父親昔日的同事。父親，更遙遠了，我生命中第一場承負不起的至愛離去，二十餘年來，母親辭世，然後，我堅定一手打造心愛丈夫的喪禮。

「從報紙上看見你在教文學課，我專程來，我知道你的事……，你父親生前對大家很好。」

我擁抱她。就站在我眼前，她一身交疊著對我的善意鼓舞，以及對業已由人世淡漠去了我父親的由衷感念，父親母親丈夫與我，我們的一生必定因彼此而份外的值得，二十年時光彷彿就停留在這告別的樓梯口，一切的曾經與走過擁有與失落，都攏合聚攢爲定定靜靜的光團，隨我轉身走進城市的夜晚街邊，光明照，步履安穩，我繼續，往前走。

怎麼會有這樣好的情意。
時光一直在素牆上作畫，沒刻意，不挽留，我安安靜靜記得的，身邊的小情意。

05

ㄉㄠˇ，三聲ㄉㄠˇ

——兼記閱讀孫大偉

我最近在讀孫大偉，他說菜尾和佛跳牆一樣，只不過一個命苦，一個命好，「爲什麼？」哪，文章不就吸引人往下看了，然後輪到我在想，怎樣能將一個很老的字，寫得讓人會「咦」一下，願意往下看？

我不想贅述我看完他的書之後的心情，我想，即便你努力要懂也不會眞正懂的。我只想說，一段我幾近遺忘的往事，經由他的書，竟然倒帶回來了。

大一暑假前夕，我沒告訴任何人，偷偷報名大傳系的轉系考，在那乙組大學錄取率只有十六點幾的年代，沒怎麼在讀書的我，竟然能考進輔仁中文系，不知令多少同學悻悻恨恨，終身內傷，沒想到狗屎運的我還肖想在中文大傳之間挑這揀那？所以，行事一向大方的我，這回飄忽有如忍者，獨自閃入輔大文友樓報名，轉系考只考口試，更令我覺得這樁連爸媽都不告知的任務太有機會達成，我會崇拜自己到死脫。

當然沒轉成，我大一學業成績平均沒滿八十，根本沒資格報名。

看完孫大偉的書，我悔恨無邊也無言。說不清的，很內裡深處的靈魂悠悠被喚醒，我爭氣點就會是孫大偉的同行，做他那樣的玩耍與工作與智與美與感與知天天擦撞電光的事，我原可以是且眞的比較是創意人廣告人，二十歲的我曾經天機清妙透視自我，然後我就，遺忘很長很長。

他在書裡說：「一隻雞，只要有飛的夢想和勇氣，就是鳥；一隻鳥，放棄了飛的念頭，就是雞。」

孫大偉五十歲完成鐵人三項比賽，五十五歲完成單車環島，五十九歲去世，在初老年歲完成寂滅前的精彩，我，一直在旁邊假裝拍翅膀？

視茫茫、髮蒼蒼、齒牙動搖、皺紋、胡亂發胖、心律不整、膝蓋退化、椎間盤突出、上社大、當義工……，請勿對老毫無創意！這一次，我用另一角度訴說我的老，希望你願意看，像看到一個成功的廣告，一眼就記住。

老，身上的假不斷增多。髮是染的、眉是繡的、膚是敷BB霜的、臉是鬆的、口紅沒塗就像生病、身體還好是靠藥和健康食品撐的，年輕時穿著灰灰暗暗披披掛掛被誇超有味又有型，現在一不小心就成爲犀利哥他們家族的阿嫂或大嬸。

眞與假之間如此身歷其境，所以當你誇我「看起來好年輕」、「完全看不出來你的年齡」、「『年輕』時候一定很漂亮」，我哈哈哈，但心中沒感覺，假很多，誰會眞開心？我說，老，倒有一項眞本事——很難獲得一下撞進心裡剎那間暖熱起來的一句讚美，也讓巧言令色沒那麼容易得逞。這算是沒白老。

但如果我的體會僅只這樣，仍是沒創意；我初老，但專業。

髮的問題在髮心漸禿，眼頭的問題在一直有眼屎，眼角的問題在地心引力，牙的問題在牙縫漸鬆嚴重塞牙縫，膚的問題在即便大整型也不會再ㄉㄨㄞ ㄉㄨㄞ，臉的問題在神情與眼神滄桑，所有線條的問題在潦草不銳利，一開口的問題在沒梗很難笑。全身最令人微感傷的不可逆，看不見的是心臟和賀爾蒙，看得見的是手和脖子；整體最令人微感傷的不可逆是，我拿手、熟悉的漸漸消失，成日踉蹌在追新科技的背影。

還有一種感覺很顚覆。深夜看《龍貓》哭到唏哩嘩啦，深夜無意中轉到三級片，看不到兩分鐘，無聊轉台，誘惑、勾引、挑逗、迎拒這類事，多疲累啊！平日與人相處，變成哪有男女，只剩KEY的對不對？我們看男女真的無男女。

不老者不懂，老過的都知道，老，既束縛又開放。沒人等我一鳴驚人，我真喜歡還站在舞臺上，但舞臺的聚光燈沒正對你，觀眾沒聚焦你。

我用細節看初老，希望你不至於兩分鐘轉台。但孫大偉書上有一句話的是這麼說的，「你怎麼去執行每件事，決定這個創意是成還是敗。」

我對老的執行是，天天必出門。

我昭告：「我沒出門會死。」有事當然，但沒事也出門，清心當然，而沉重更要，半小時、四十分鐘都成，買菜、一個人泡沫紅茶店咖啡店看書寫作、散步、運動、曬一會兒冬陽，光天化日紅塵世間，人活著就得在那其間波波波的攪和，攪和出可能，攪和出新鮮，攪和出活氣。

我對老的執行是，仰頭對天說話。

爸媽公婆都在天上，我的告訴、祈求、想念、懺悔，以及我做得到的做不到的，我都對湛藍的、鬱橘的、星夜的天空放聲說，彷彿這是我今生試題的尾聲，我最後責任的恪守，我心跡可見的無憾。

我對老的執行是，把話說清楚。

趁著還能說的時候說吧，這種時候也不會等你太久，我們上一代普遍的特色是特別苦難又特別靦腆，這一代受高教育又縱橫過職場，理應當大氣乾脆得多。我火葬的時候今生著作要一起燒，參考書就免了，而我因父母都失智，失智的概率比別人高，早交代過女兒，將來有那麼一天，送我到專門照顧失智者的機構，別悲傷，記得我的溫暖與美好，理解我的身不由己，永遠都知道，我好愛你。

我對老的執行是，包容人生各階段的自己：多麼不足又多麼眞心。

我對老的執行是，人必不勝天。對生病的丈夫說：「謝謝你這麼愛我。」請上天再給我們這樣平靜幸福的兩年，兩年，再兩年……。

我對老的執行是，快慢笑淚前行，終線在望。

……

一定要說一個老的故事。我常經過美麗的崇倫公園，那兒一到下午，外勞一圈圈在野餐聚會，輪椅老人也一圈圈，你的呆滯我的空茫，一點都不相涉。近五都選舉的前幾天，我在公園運動，發現有一部輪椅離圈圈一段距離，停靠在公園路椅前，輪椅上餒倚著一位頭垂眼歪嘴斜中風的老人，木椅子上坐著兩位不停說話的白髮老者，顯然這是兩位老友特地相偕到公園，探望不能自主不能言語虛弱的老友。

話是兩個人在說，但是話局明白是三個人的，因爲兩位ㄉㄟ ㄉㄟ動不動就對輪椅ㄉㄟ ㄉㄟ說：「你說是不是這事兒？」「是吧！沒錯就是這樣的，沒錯吧？」我在小路繞圈快步走，忽而聽到「這事就老韓你最清楚」、忽而聽到「什麼二比三！花博搞個——，我賭三比二」「你說誰三？我放你個屁」，下一圈已經是「押一百，老韓我知道，他說二比三，站我這邊」「你知道了，你又知道了，一百老韓也加」……，老韓ㄉㄟ ㄉㄟ坐在輪椅上一直無聲、餒著，我看不清楚，但我相信，他的眼睛一定亮著，今天鐵定是他生命陰霾以來最精神的一天。

老的時候，請再爲我留一些熟悉的昨日。

孫大尾書封面用了一句文案：就算人生只剩菜尾，還是要懷抱著初衷。

——寫於二〇一〇年最後一天

P.S.孫大偉著作：《菜尾》、《初衷》。

我常經過美麗的崇倫公園，那兒一到下午，外勞一圈圈在野餐聚會，輪椅老人也一圈圈。

06

小老百姓思維

日本福島核廠危機爆發，於是，我看見沈政男醫師在中國時報投書的震災話題，他提醒臺灣必須更虛心檢討核能運作的細節，但我一眼就記住的是他寫自己曾參加過反核行動劇，每次都有核能專家出來打包票的那句話：「一百座核電廠造成傷亡的機率等同於彗星撞地球。」

當你向宇宙發放出怎樣的頻率或思維，就會自然而然吸聚相同性質的訊號，相互補強壯大。我很久很久以前就想著，凡是說這些話的專家學者官員必須住在核電廠方圓三公里內，世代不得搬離，而我最近又有相似的意念盤繞，是關於國光石化。

二〇〇一年一月接到吳晟反國光石化行動的電話，適逢當日要陪先生到北榮回診，所以不能親自去到縣府現場，只在電話中向吳晟說出我反對國光石化的原因，他聽完後說：「你該寫下來。」

我是小老百姓，通常只會「想」，欠缺行動力，一直沒動筆。

然後，日本的世紀大災變發生，一張張令我難以抹去的臉孔，全都是小老百姓的悲苦，我們守紀、安份、勤奮、忠誠、愛家、有小小的世間夢想要實踐，突然，災變驚悚驟至，就一切成空。

天變，尚可無言；人禍，絕對要究責到底。不再只會「想」，我記下當日對吳晟說的一席話：

每當意見和當官員的朋友相左，他們會說我「小老百姓思維」，不能從國家整體發展

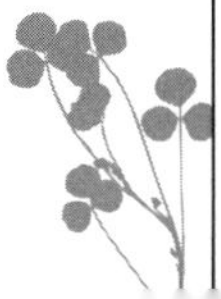

著眼，但生活是實實在在充滿細節的過程，只有生活其中的人才能深刻體會與嘗受，風災、水災、土石流、有毒物質，任何恐怖災難發生，當官的都不會在第一現場，都不是直接受害人，「老百姓思維」尊貴無比。

我在生活場域中遇到許多人，只要說到「彰化人」，彼此表情都會不同，「彰化哪裡？」「埔鹽」、「花壇」、「我彰化市」，只要同鄉，連醫院護士的關照都會多加幾分，我注意國光石化的訊息，就是因爲「彰化人」三個字。

經濟發展與環境保護相抵的問題存在已久，久到已經可以讓預言成爲檢驗的時刻，「出外謀生的人，都可以回到家鄉的工廠做事」、「經濟繁榮」這些話，鄰縣的六輕已經殺死夢幻給了沉重的答案，還有更可怕更長遠的傷害，比如有毒污染物質長期慢性影響健康的問題也逐漸在浮現。不可逆，是老百姓對所有錯誤最無告無言的黯然認命，但我一直想問，當初決策且信誓旦旦聲稱絕對無害的那群人，現在在哪裡？

所有政策性的不可逆，有誰追溯過責任？有誰追蹤過後續？

就舉大家記憶最新的，太平市高壓電塔太近民宅，嚴重影響居民健康這一件事爲例，當有人受病受痛身心飽受煎熬，一生命運都因此而不同的事實，難道眞的只是媒體的一日熱門新聞而已？當初決策設置的人在哪裡？他們是誰？

三十、五十年後，除了白海豚、海岸線污染、溼地保留之外，誰願意翔實記錄，家鄉附近多了一座國光石化，是否影響改變了人的一生？當初決策且信誓旦旦聲稱絕對無害的那群人，在哪裡？

我非常在乎人的問題。

文明在轉型，石化能源並非無可替代。

溼地的產值會比石化經濟價值低嗎？

「石化絕對是海岸環境的癌惡疾，」陳玉峰說，「國在山河破。」

給決策官員及環評單位壓力之必要，他們要負道德責任，今日主導國光石化設廠彰化的所有人，都請具名永誌，世世代代立刻名碑石於現址。

每次看見別人的痛，我都只會對不義生氣；每次看見台塑的煙囪毒龍怪獸般對著彰化的天空不停歇的噴吐毒煙，我都只會靜默嘆氣，這次，我雖然只是聲援吳晟率軍的文壇反國光石化而已，但眞的不想讓對彰化的情感只是名詞、形容詞。

眞實活在充滿細節的生活的每分每秒之中，期望家園靜好，現世平安，而絕不禍延子孫，就是我的「小老百姓思維」。

07

你的身邊站著我

——從魯迅的〈孔乙己〉到二〇一三年八月三日

西元一九〇六年，魯迅在日本仙台醫學專科學校的課餘幻燈片中，強烈體會自己國家國民麻木不仁、愚昧無知的「看客文化」。這是他即刻棄醫就文的原因。

幻燈片裡，一群中國人正圍觀一場日本軍人砍頭處決人犯的照片，日俄戰爭期間，以中國東北當戰場，被砍頭的人是替俄國人當間諜的中國人，而圍觀的人群興致勃勃。任何一個「為什麼」的念頭，都會人不忍卒睹，比如為何戰場是中國？為何中國人替俄國人當間諜？為何看見同胞這樣的處境，人人麻木無感，圍觀一如趕看一場迎神的競技……？

看客文化，無感的旁觀者。孔乙己小說中的酒客、掌櫃、丁舉人、甚且小夥計，都是對弱者的痛苦無感，反而挖苦、嘲弄、鄙夷，更加「抽刀相向」的廣大看客。教育普及的世代，人們不再無知愚昧，但遇事冷漠卻步，常以「我們又能怎樣」當束手的藉口，而眼看勇於正義敢挺身而出的人往往會惹上麻煩，所以，人們依然也只能流於另一種看客的角色。

二〇一三年夏天，哀悼一位軍中下士的死亡，討一個眞相、要一個公道，二十五萬人民穿上白衣衫自動集結凱達格蘭大道，抗議威權，要求正義與公理。下士洪仲丘，如同一個殉道者，寫入悲劇，也寫入歷史。

從廢核遊行、大埔抗爭、美麗灣事件到聲援洪仲丘行動，公民力量正以新的表現方式，不斷地串聯蓄積能量、再擴散開來，已經儼然成為一種跳脫藍綠、超越黨派的新社會運動，八月三日那天，夜色裡鑠亮的「銀白色十字勳」，意味臺灣民主的轉型。

公民社會的特色是將公民參與政治、提供政策的力量予以融合，並且使政府在承擔義務與施政表現上亦能達成效能。從馬克斯所謂的下層結構的柔軟，向上扭轉上層結構的僵硬。這是民主的理想。

民主的腳步一直在臺灣行走，走得慢但未曾停止，臺灣從下而上影響全局的公民社會時代，正式宣告來臨。美國第三任總統湯馬斯・傑佛遜說：「人民怕政府，暴政；政府怕人民，民主。」

聲援洪仲丘行動由「公民一九八五行動聯盟」有效率領。三十九名素不相識的網友，在網路上串連組成聯盟，有醫生、老師、律師、平面設計師、咖啡店老闆、服飾店店員，隨著洪案持續延燒，許多網友自主性加入，團隊不斷壯大。

這群人集思廣益、專業分工，活動人群散去的時候，道路可以不髒亂狼藉，活動結束後一天，就能列出清楚的收支明細。當然，成員身分曝光後，總會面對家人「你可以不要再拋頭露面嗎？」的顧慮與關心，但一想到冤死的洪仲丘，他們還是決定繼續「撩下去」。堅持下去的力量有很多面，但不孤單、一起做，是很重要的關鍵。

害怕，常是一個人不敢的原因，行義需要聲援，集義以成氣。

臺中惠文高中與北一女與臺東女中的老師，正在發起全國高中公民素養認證組織，這是一種體驗式的學習，用研讀公民案例的方式教孩子思辨、內化良善價值，希望孩子思考社會的不足及參與的方式，惠文高中蔡淇華老師說：「若臺灣公民教育能著重在品格、思辯及行動下力上，則國家一定綱舉目張，江山可待。」

他們將這運動定名為「消滅自了漢」運動，尋找校園裡的麥田捕手；沙林傑《麥田捕手》中霍頓說：「我就站在懸崖邊，守望這群孩子，如果哪個頑皮的孩子跑到懸崖邊來，我就把他捉住，我只想當個麥田裡的捕手。」

蔡淇華老師爲此做一首歌：〈暗火〉。

暗火

（作詞：蔡淇華　作曲：孫懋文、張嘉亨）

沒有光的日子　你看到什麼
沒有溫度的歌聲　你還要聽多久
不要跟著人群走　活的像一隻狗
對著責任閃躲　才是真正的寂寞
沒有火的太陽　你期待什麼
沒有向前的跑道　你還要呆多久
不要對著自己說　我不行我不夠
錯過時代的夢　才是真正的過錯
站起來　活得像一個拳頭
迎向前　英雄不懂的閃躲
怕什麼　你們的身旁站著我
我是最暗黑的時刻　最亮的那一團　暗火

（http://tw.streetvoice.com/music/smwdavids/song/196228/）

魯迅對國民的軟弱性格恨鐵不成鋼，它的小說一向就是在揭出病苦、批評愚昧以引起療救的注意，他「哀其不幸」，同情著自己筆下的孔乙己，同時卻也憤慨的「怒其不爭」，八月三日，臺灣公民運動成熟運作的那一天，魯迅一定在凱道人群中吶喊，這一定會是他最滿意的療救的方法。

08

南島的相逢

每個角度都有故事

我在石垣市公設市場石巷弄發現一家無人、自助、自投幣無限暢飲加WIFI的咖啡屋，結果進去不到一小時就跳電，主人很抱歉的露臉請我們明日再來，剛好《八重山的臺灣人》作者松田良孝來在市場附近，恰巧的我們就這樣在公設市場點心屋碰了面。

初起有人想在石垣島蓋媽祖廟，《八重山每日新聞報》記者松田良孝去追這則新聞，媽祖廟沒蓋成，但給了松田良孝近距離凝注八重山臺灣人的機緣。那個想蓋媽祖廟的人，芳澤佳代，出生雲林褒忠，臺灣名字：林全是。

強悍、幹練、靈活，最典型的移民性格，林全是高大魁梧、短髮貼顱、襯衫長褲、能酒能煙。「黑社會大姊頭的樣貌。」松田良孝說，當時臺灣人都對她十分敬畏，有任何問題都去找這男人婆幫忙。一九四四年，林全是九歲，隨母親兄姊來到八重山，輾轉居住石垣島。

後來松田良孝和芳澤佳代的兒子芳澤和則、媳婦林素湄都成為好友。林素湄將名列白色恐怖黑名單逃亡到石垣島的外公的骨灰歸葬彰化，松田良孝全程相陪。

點心屋，芳澤和則夫婦經營，在石垣市公設場二樓，一上階梯就看見的糕餅攤。

海芙蓉之戀

當芳澤和則就讀東京大學數學系、林素湄就讀沖繩東洋大學兒童福利研究所期間，一到假日，他們就來到石垣島幫忙自己家人耕種、踩洗鐵樹籽、敲海芙蓉，做的全是最吃力辛苦的粗活，海芙蓉多鬚根生長礁石上，他們要準確用力才能敲下完整的一朵，在雲飛浪碎海天一色藍而安靜的美麗沙灘上。

愛情何處不容身？跳閃著它鑠亮的星芒，在剎那、在砂塵、在光影閃過的一個恍惚裡、在淪陷城市的一堵危牆下，但都不如在烈陽曝曬鹽味的汗水裡，因爲那好像一併也爲愛情胼手胝足過，並沒有具體的理由，只是我總是覺得這樣的愛情比較禁得起修練。

和則在歸化日本籍之前曾是無國籍的人。二十八歲時的他，在二手書店看見一本舊書，隨手一翻，竟然在書中看見四、五歲的自己。這本書鏡頭面對的都是各國邊境、荒地、貧村、廢墟的庶民或游擊隊，應該相關著戰爭與占領，主題似乎是國家、政治對個人的意義。

距今近四十年的黑白照片，那時和則的名字還叫李清良，大哥緊緊牽護著二姐，他和三哥勾著肩，鏡頭最前面的主體者，是布盤扣唐衫黑褲的外婆，他們站在石垣島一塊待墾的荒地上，照片的說明文字是：親子三代的無國籍者。

複雜歷史背景與現實政治夾縫中，八重山的臺灣人，因由國界的改變，身分不斷轉換，後來歸化日本籍必須先脫離中華民國籍，戰後出生的第二代移民，缺乏一張脫離國籍證明，有一段時間成爲沒有國籍的人。

和則並不太記得照相這件事，但身歷過島上日本第一、沖繩第二、臺灣第三的年代，和則記得的倒是求學期間因臺灣人身分常遭到的無情欺負。

他曾當過臺灣警察的妻子素湄沒想過要歸化日本籍，凡從臺灣到石垣島做研究報告的

點心屋這一齣，換了一種風格，九重葛花叢紅瓦屋，這是關於強韌、堅定與護守的故事。

學者專家或對此地的臺灣鄉親，只要能幫得上忙，素涓的一臂，通常都毫不遲疑的伸出。二〇一〇年石垣島十一月大祭典，照例有飆歌大會，素涓想到何不趁此良機讓歌手交流，以宣傳中華民國開國一〇〇年，她爲石垣島華僑會規劃請來臺灣阿美族原兄樂團，安排參加知名三絃樂手大工哲也的演唱會，樂團抵達會場時，大工哲也對著全場宣布：中華民國開國一〇〇年，這是特地從臺灣請來的樂團。

原兄樂團行前就收到素涓親手抄寫的日文歌詞曲譜加教唱錄音帶，祭典當晚壓軸歌由石垣島最受歡迎的橄仔店樂團和臺灣來的原兄樂團一起合唱島上人人上口的〈豌豆花〉，那眞是令人難忘的眞情高潮，動人的歌聲升霄，海浪娑婆如踴舞，滿天星星搖搖欲醉，現場數千觀衆齊聲忘情相和。

欺負讓人更懂得奮發，島上的臺灣人都有這份懂得，反欺負的方法就是向上。

海洋的天然意象

好吃，糕餅業的本份而已，堅持純手工、優品質、富人情，才是點心屋。和則親手調和揉製糕餅，素涓分袋、包裝、摺盒，他們天天都很忙，賣原料的老闆曾對他們說：「島上就屬你們捨得用最上好最貴的杏仁果粉作餅皮。」素涓自己說：「我們的食材還在手工之上。」

貝殼餅是和則的獨門研發，扇貝爲美形，海洋的天然意象，美神乘坐著從明月的海升起的神話聯想；本地原生植物月桃、薑黃、艾草、紅薯的取材，讓人渾濁失感的味蕾剎時清新，很久很久沒遇到的小津電影裡走在木屋巷裡，白衣長窄裙要去上課的小學女老師。

不必有什麼裝飾過的理由，「我是海島小孩，天生喜歡貝殼。」和則給了最簡單的回答。

但他好像沒留意過，粗礪外物落入扇貝柔軟蚌肉，造成銳利的刺傷，蚌會從自身分泌出生命的汁液，一層層包裹住痛，使砂粒在時間的過程中，逐漸成爲一顆澤亮的珍珠；痛與美的關聯歷程，生命的終極眞相。和則一向主張要捨得讓小孩吃苦，生命中的失敗挫折要趁早，其實包括他自己八重山臺灣人的身世，實踐的都是扇貝理論。

九重葛花叢紅瓦屋

和則希望點心屋的包裝盒能印上自己最喜歡的，沖繩知名畫家名嘉睦稔的畫。經紀公司要求試吃糕點，經過一個月的愼重開會，決議通過。經紀公司給的答覆是：「曾有更大的糕餅店來請求，都被我們拒絕，之所以答應你們的原因是，你們的糕餅，信譽保證。」

名嘉睦稔爲此畫下：碧藍天，花朵豔盛怒放一路還在延展生長，古老傳統的琉球紅瓦家屋靜定安穩，全然在地重現的典型石垣風物。

我在石垣島很愛混公設市場，三天兩頭蹓去踅來點心屋，貼近體會這對夫妻用臺灣精神拚博向上，用熱情溫暖交織人情。走慣看熟了，開始覺得印在紙盒上那動靜爲守之間的澎湃生命力，根本就是和則素涓他們自己。

以八重山爲背景的愛與療癒的連續劇在日本收視都長紅，藍天、白沙、碧海，相遇在南島，天然就具有強力的故事效能，這次點心屋這一齣，換了一種風格，九重葛花叢紅瓦屋，這是關於強韌、堅定與護守的故事。

09 八小節

我住的城市裡有一家只播放古典樂曲的咖啡館。

那天，老闆教我聽巴哈的PASSAGLIA舞曲，主旋律只有八小節，樂器只用管風琴，全曲主旋律不斷重複變奏二十幾次，長達十三分鐘之久，低音變奏、高音變奏，動聽的旋律顯得如此變化多端層次豐富，仔細諦聽，主旋律全都不脫那單純的八小節。

情節無論多麼不同，都沒能脫離一個既定的主軸；形式儘管五花八門，繁盛色相的底處，那主旋律始終在循環。

多麼像蕭紅寫七月十五盂蘭會，呼蘭河上放河燈。

河燈有白菜燈、西瓜燈、蓮花燈，和尚、道士穿著拼紅大紅褊衫，吹奏著笙、管、笛、簫，天還沒全黑，人群開始走出門戶巷弄，絡繹不絕的走向河邊，先到的人就沿河蹲著，後來的就擠上去蹲著，天邊的火燒雲剛落下去，四周吱吱喳喳，腳步踢踢踏踏，街道全活了起來。

月亮升起，河燈放水，鼓敲得更響，經唸得更急，河裡流著幾千百只水燈，金忽忽的、亮通通的，岸上擠著千萬群眾，小孩們拍手跳腳。那燈光照得河水都幽幽發亮，「真是人生何世，會有這樣好的景況」。

一直鬧到月亮到了中天，繁華漸漸冷靜了下來。河燈有的中途滅了，有的被野草掛住了，有的被人取了去，流著流著就少了一個，越流越稀落，再往下流，就顯出了荒涼枯寂的樣子。

河黑了，燈少了，人們開始起身離開河岸回家，三更後，河岸一個人也沒有了，河上一個燈也沒有了，只有小風把河水吹皺著極細的波浪。

小河寂靜，天地墨黑，河岸空了。

「不過月亮還是在河上照著。」蕭紅用這樣的大畫面拉遠，落幕。

這不就是那不斷迴環反覆的八小節嗎？無數小榮枯串疊堆起生命的大榮枯，每一起大小榮枯都像呼蘭河上放河燈，華燦流著流著終至寂滅，而小河淌流，明月恆在。

《紅樓夢》裡，賈府興衰是一場大榮枯，寶玉、黛玉的戀情、書中金釵的命運幾乎都是一場小榮枯，《紅樓夢》那一把辛酸淚，流著人世榮景終必成空如幻，越華豔越不堪的不忍與淒悵。

黛玉直聲叫道：「寶玉！寶玉！你好……」含恨氣絕時，正是十二對宮燈排迎，細樂響起，寶玉娶寶釵的時辰，瀟湘館裡聽到遠遠一陣音樂之聲，側耳一聽，卻又沒有了，李紈、探春走出院外再聽，惟有竹梢風動，月影移牆。

綺年玉貌，才高性潔，獨擁寶玉眞摯的愛，就在黛玉以爲百經試鍊的愛情終將修成正果的時刻，風霜如刀劍無情劈下，一場驚天動地之後，天地一片清冷涼靜，月光正靜靜移過牆頭。

也是一場金忽忽之後，天地墨黑，河岸空了，月亮還是在河上照著。流轉人世裡，一場又一場，一世又一世。

老闆讓我再聽史托可夫斯基指揮演奏的巴哈管弦改編曲，這次是百人大樂團演奏PASSAGLIA舞曲，從一把低音大提琴起奏，不斷加進各種樂器，演奏時間更加長，起落更大，變奏更加細膩多樣，我簡直在經歷一場聽覺的極至奢華，卻仍然清晰聽見，那沒身在後，簡約無華的八小節。

《傅雷家書》寫著：「人生的苦難，THEME主題不過是這幾個，其餘只是VARIATIONS變奏而已。」莊裕安以音樂談人生，有一篇文章直接就命名〈三兩主題，無數變奏〉；變奏是血肉精氣，依附在主題的骨架上。

人生經不起幾件大事，無非起落生滅，繁華與無常，本質很簡單，繁富多變的只是現象，主題就幾個八小節，生命是一場可長可短的變奏曲。

10

溫馨

鬼故事不一定要驚悚，蒲松齡就認爲鬼狐比人可愛，我心中一直在想，有一天不那麼忙碌，我要去研習生命禮儀的學問，到時候親戚朋友們生命中最後那件大事，或許我可以盡點力。有一天，不見得很虛無喔，我始終埋頭深耕文字與教學的工作，這一年已開始逐漸在用減法，有一天，說換就換，不過就像脫去一件衣服，再換一件那樣容易。

曾看過一個鬼故事，大意是說戰爭期間學校流徙，途中死了幾個學生，宿舍便不安寧，學生們常看到死去的同學回來，仍盥洗、走動、晚自修……，鬧得校長得親自出面解決，在半夜焚祭一番後，校長大聲喝斥他們不要再回來驚擾同學，後來死去的學生們託了夢，哭訴說他們好愛學校，好喜歡和同學在一起。第二天起，他們再也沒出現。

很聽師長的話，生前，死後。

戰地金門和黑澤明的電影《夢》也有類似故事，戰爭已過，那些無頭斷臂缺腿血污殘缺而堅毅勇敢的鬼雄，子夜時分列隊操兵，步伐齊一，口令洪亮，一直要到最高指揮官出面，親口對他們說戰爭已結束，下令「解散」，他們才甘願從人間消失。

這樣的鬼故事，總讓人在聽過後，沒有恐怖懼怕的情緒，是心中有一種散得很慢很慢的感觸。

「九二一」的動人故事很多，我最難忘的那一樁是救難人員說的，他說救災的時候分秒必爭，哪裡尚有一線生機就往哪裡衝。那一天，他們正在瓦礫堆搜尋，突然有一位小學生指著前方大聲呼叫：「我爸爸媽媽在前面，你們快點去救他們！」救難隊立刻行動，順利搶救出一對夫婦，不多久，他們在同一位置挖出這對夫婦的兒子，就是剛才指引救難隊員的那個小學生，他已經氣絕多時。

我曾經亂想過，我死後，魂魄可不可以不驚不動的仍然守護家園？就靜靜的看著家人，人鬼殊途，若不可以進家裡，那就蹲在陽臺也可以。

我有學生叫秀春，她有幾樁親身經歷的溫馨靈異故事。

秀春二十歲去日本東京短期美容班學習，回國過境香港，在機場過夜。她夢見外婆來找她，但是穿著很奇特：藍色長袍古式禮服、金簪、黑布抹額，像戲劇裡老太夫人的裝扮。夢中外婆手拄拐杖，說想坐火車去日本，秀春送她到一個火車站，臨別前她送一大包錢給秀春，並笑瞇瞇的對她說：「孫仔，我想要吃日本糖果。」秀春忙不迭的應「好」。回到彰化埔鹽家鄉，秀春才知道住在二林的外婆已經在幾天前去世，入殮的穿著裝飾無一不是秀春夢中所見。於是秀春火速趕到二林去祭拜，在外婆靈位前恭敬奉上日本糖果。

那是大家樂超級火紅的年代，有這樣一場不可思議的夢，秀春於是試著自己逼牌，拐杖，「7」；外婆是女性「妻仔」，也是「7」，就「77」吧。

那一期開牌，77，秀春下注五百元，實賺三十幾萬。

幾年之後，秀春的祖父過世。辦完喪事之後不久，秀春夢見祖父來託夢，夢中的祖父穿著一如入殮的長袍馬褂瓜皮小帽，他對秀春說自己：「很冷，頭浸在水裡，很不舒服。」他希望秀春能幫他處理這件事。秀春當時已住在埔里，離彰化家鄉一段距離，所以當它是一場無意義的夢，並未立即處理。第二天夢裡，祖父又來了，責怪秀春不處理，愛寵的數落秀春：「憨孫，不孝孫，阿公想要打你屁股。」醒來之後，秀春感覺夢境太真，就打電話回家鄉告知父親，交代一定要去墓園察看。父親察看一番，發現果眞有事，原來依臺灣習俗，初起下棺入土時會在死者頭頂位置特地留一小孔以透氣，墓園管理員天天爲韓國草、植物澆水，水就低地勢剛好灌流入那小孔洞，讓祖父的頭部天天浸在水中。

浸水的事完滿解決的幾天後，秀春的祖父又來到夢中，這一次，祖父說自己很寂寞，想看布袋戲，要求秀春背他去看戲。秀春照辦，祖孫兩人就坐在長條椅上一同看戲，看完戲，秀春又背祖父回家。她看見祖父的家，和喪事期間，陽世子孫燒給祖父的紙紮屋一模一樣，樓層、擺設、隔間全都相同，連神明廳的方位都不差，屋裡有兩位服伺祖父的僕人，就是他們當日紙紮火化的那對童男童女。

祖父總共在夢中告訴過秀春五次大家樂號碼，起初幾次，有鑑於祖父生前討厭賭博，秀春並不太敢下注，姑且就一百元試手氣吧，沒想到一連三次，次次命中，一百元博七萬元，令隨秀春下注的親朋好友也人人有賺，那陣子，大家甚至都稱秀春爲「仙姑」，後來兩次，秀春直接下注一千元，是的，沒錯，一次贏得七十萬。

二十年前，五次大家樂，祖父愛孫，幫乖孫實實賺了一百五十萬。

秀春的姑姑在第五次，決定跟隨「仙姑」博一回，本來下注一千元，一想到自己爸爸生前強烈反對賭博，還是縮了手減半，旁邊有一位朋友順口說：「那五百元算我的好了！」

就這樣，就一句話，就十個字，三十五萬元。

前一陣子，秀春的祖母過世，我立刻捱過去神秘兮兮的問：「可有任何指示？」

司馬昭之心人人皆知，我難到不想分一杯羹嗎？結果……

秀春說，祖母預知死日，生前最後一段時光，要外勞帶著她拜訪所有親朋好友，走過自己所有的田地，看過自己所有的存摺，交代自己所有的後事，最後對媳婦說聲「我要走了」，就走了。

了無欠缺、一無遺憾、天心圓滿。

所以，沒夢了。

TAKE的人生故事本來就比別人特別，連老婆都比別人多一個，第二個老婆是第一個老婆親自挑選的。

TAKE剛當醫生不久，大老婆就車禍去世，而且已懷了身孕。度過一段萬念俱灰幽谷一般的日子，朋友為他介紹一位純良的女孩，兩人見了面，但沒下文。有一天，這純良女孩去看電影，黑暗中，播放室透出一束手電筒般的光，她發現前座有一位女子不停回頭看自己，帶著笑，還微微對她點頭，後來，她和朋友路過TAKE家，朋友適巧有事找TAKE，進得屋內，赫然發現掛在TAKE家牆壁上的亡妻遺照，就是電影院裡頻頻回頭微笑致意的女子。

後來？後來TAKE娶了那純良女孩，生了四個女兒，家裡供奉第一任老婆的牌位，孩子們都尊她「大媽」，有事就去問大媽。

有一年TAKE要帶老婆去旅行，當時老婆正懷孕，向大老婆問筊，筊杯顯示不宜遠遊，結果TAKE只好帶著岳父一起去，那趟旅行後來上了國際新聞：華航飛機馬尼拉機場降落時起火，旅客傷亡慘重。TAKE說，當時火在背後直追，他們必需毫不考慮從機門往下跳才能逃生，老婆在場的話，後果簡直無法想像。

TAKE去日本學醫那段日子，留老婆一人照顧四個小孩，她說：「簡直是大媽在幫忙我帶孩子。」有一天夜裡，她睡得太沉，沒聽到當時還是嬰兒的老四因爲趴著睡，已哭得太久差點窒息，矇朧中，她感覺彷彿有人走到床邊喊她：「快起來！囝子在哭！」當她睜開惺忪睡眼的剎那，正好看見一個身影穿出門外。

我是眞的在說我親耳聽到的靈異故事。我滿喜歡有位通靈人氏說的一段話，她說自己一直在結交鬼朋友，在人世，她反而孤僻難與人相處。我不一定要用「絕對」，我只是相信，鬼故事不一定要驚悚，而複雜交錯多層次異次元空間是存在的，人，與其所知，相對的微渺再微渺。

輯三

山容海色

狐狸對小王子説：「如果你馴服了我，我們之間就會建立某種關係，我們就離不開彼此了。在我眼中，你是世界上的唯一；對你來説，我也是世界上的唯一。」

01 有你的今生

1

「妳就認了吧，因爲妳先生不像我先生。」

「妳最好認眞學理財，因爲妳先生不像我先生。」

「妳只好都自己擔，沒辦法，因爲妳先生不像我先生。」

「凡事都自己費心也沒什麼不好啦，哎，誰叫妳先生不像我先生。」

「奇怪，妳們那麼難找得到，我一遇就是。」

這幾年我聽見自己常對朋友這樣說，對我訴苦的人，或默然、或點頭、或眶紅，或忍一下，低頭拭去眼淚。我將因緣簡化到沒有邏輯，但大家一聽，都懂。

我先生，你，於此紛歧世間存在的方式，如此有力，分明，無異議。

尙實、守樸、盡責、具指標性，最具力量的一種存在。

2

如常。

二〇〇六年初聞罹病噩耗的夏天我們就約定。

病情一路坎坷離奇，無數次收拾行李去北榮的前夕，我聽過你與我不同時間點的輕嘆，我們都戀家戀日常，醫院綁架了我們的平常日子，卻從未確切允諾我們什麼，我們遂一直走在對醫療的單純信賴以及未知的下一步。聽過你客氣對清晨巡房的護士說：「噓，請小聲一點，我太太都失眠睡不好。」病房裡也有病房裡的如常，換個空間，我們總是攜手讓日子盡可能如常。

我們的如常，固定的、寧靜的、接受的、相隨的。

然後，也如常啊，我失去你的二〇一一到二〇一四。

早上忙家裡的事，休息會兒，下午去咖啡館讀書寫作，黃昏，回家。

晚上，沒人電視機前說說談談，沒人催著「去跳排舞啊」，沒有九點多三人的水果時間，那就，再出去看點書、消化點工作，反正我沒能力做更多，文字就是我的全部。星夜，獨自推開家門，返身，喀嚓，上鎖。

更精進了。是你最喜歡成全的那個我，專注、紀律、能完成。儘管罵笨聲連連；我私下對我自己；但大體什麼事我都能做得安安妥妥。

彷彿你在。

3

當然都需要過程，冥陽你我現在不也是正走在輪迴的一段過程？

失去你就是失去你，還需要怎樣的說詞？就是往前走，與眞空、飄浮、軟弱、悲傷、害怕、強大、精進、定靜迎面而來、穿身而過，我一點都不閃躲，這世界本來就半人半鬼，看不見的存在和看得見的表象相間。我走過一段中陰的日子。

走出來了，不然要怎樣？但我決意永不走出來，這就不需別人的理解。

只有你知道，手交給你，我可以閉著眼過馬路一輩子。

寡言詞的你會靜靜說：「管外面怎樣，我們自己好好的就好。」

八卦山上接女兒放學，同學們都說你站成了校門口的一尊車牌。

很多人事的取與付於你並不公道，一如你眞正的聰明才幹只有我全然明白，但豪俠隱巷弄，你屈身，從無難色。

內心強於外表，心中的話多於言詞，認了，你的本色，不信任就算了，你的風格。

你身上收攝住世上已盪然無存的純然，純然可靠、可信、可交付、可委託。

擁有這樣的你的我，走什麼出不出來？地表不會再有這樣的人，我根本已經在用你的方式行世，我想用自己複製你。

我最怕淡去最怕模糊最怕遺忘最怕缺漏，有你的今生。

愛除了情感，還要意志。

我一路走，永不走出有你及失去你的記憶。

4

臨終沒有可想像的情節。

話都陸續交代了，你略抖顫的字已寫了好幾張A4紙交代著備用鑰匙放哪、水塔開關使用、摩托車、汽車、保險、銀行等等家中男人的事。不等臨終，病榻或更早你就準備好了。

似乎那天我對已在最後病榻的你說，去看了牙醫，醫生說沒方法是不可逆的老化，記得我語氣輕輕，空氣凝了一下後，你說：「怎麼不要兩個人一起搭飛機失事。」語氣也是輕輕。

我懂的，你承諾一生守護我，卻眞的得讓我一個人漸漸衰弱老去，死同穴，其實你說的是這層淒楚哀婉卻美麗無倫的，相守的深意。

最後的日子，我們反而少說傷感的話，無路可走的時候，念頭不多，只剩眼前，這句話是你最後的深情。

是我說以前我邀你一起去咖啡館你都不願意，你突然放聲哭說：「為什麼我要不願意？」安寧病房窗口陽光灑不進來，也看不見四月的碧藍天空，但陽光亮在樓宇背後那看不見的地方，對世間，你一無遺憾，但眷戀深深。

怎能不戀？那些愛與溫暖的微細小事，上班回家、孩子長大、悲喜與共、相隨相伴，那些平凡明亮的幸福。

「下輩子不想再當這麼負責的人。」除了我沒人眞知你這樁意有所指的禁不住的感嘆。我說「還是要當負責的人啊！」但我沒說出的更多，到現在我才能說得詳盡，我眞正要說的是，負責是一種究竟，但過程可以帶有遊戲的心情，如果永劫回歸不那麼易解而顯得沉重，那麼就用生活輝煌的輕鬆來與之抗衡。你一生站在對的位置，根本不需要位移，下輩子，你早一點隨我像最後那兩年，本島、離島、緬甸、日本、桂林、曼谷、杭州、長灘島，星光搖搖，乘馬車達達遊逛千萬佛塔的浦甘古城、夕照帆影的金色沙灘上，你笑著從鏡頭看我搞笑倒立練無相氣功，然後換你，你也誇張姿勢，我們嬉戲玩耍，像個孩子……。

下輩子，你仍你，我仍我，一樣承擔，一樣扶持，只要早一點這樣，就行了。

5

騎單車小孩雙手一撒的潑野快樂，是因為知道自己是安全的，我的獨立、率性、時新、冒險、浪漫，原來全是虛假，我在過我一點都不熟悉的生活，失去你，其實我什麼都害怕。我因此更眞切面對自己，坦然學習靜氣明心，從二〇〇六年第一時間的嚎啕大哭：「我怎麼辦！」到失去你三年的二〇一四，萬慮紛飛千迴百轉直心化爲一念：

在失去你的世上獨行，是我生命最勇敢無匹的壯遊。

6

這三年天天揹的背包裡一直放著你的手錶，換了石英仍走不準，我就讓它這樣，沒卡榫、不對位、宇宙星河的漂浮迷航，我們有自己的時間流，與世界眞實的流轉速度不必相同。我自己玩遊戲，彷彿我們落在一個時空次元立體交錯被忽略的微細罅隙，秘密瞞過了命運之神。

去旅行就揹起你的背包，帶著你去天涯海角。

每次在巷口遇見你，我總大聲呼喊你：「哥——」，你便微微笑著向我，那麼，一天天的，山迢水遠千山萬壑，我都正朝向你去的地方走去，有一天，我會通過那條你也走過的長而明亮的隧道，洞口有花開著如我們巷底滿樹的紅欒花嗎？載欣載奔遠遠的我一定就會忍不住放口大聲呼喚你，回聲疊疊泠泠、生生世世，有人在等候，我是因此活得比誰都還要來得剛健與浪漫。

然後你便微微笑著向我。

02

擁有，及擁有的方式

純粹風格的擁有，及擁有的方式。

就姑且稱爲楊式風格吧：追求時尚潮風，注重美白保養，嘴皮子上機靈伶俐，其實胸中的塊壘比城府數量大得多規模又深廣，那償恩報仇的事，三十年他都不嫌晚，他最喜愛的金庸人物是韋小寶。當他正色說可以拿出祖譜證明自己是大宋一門忠烈楊家將的嫡系後代，大家都教養很淺的噗嗤笑了出來。

我去安寧病房當一下志工，他說：「你自己要是沒療癒，是想去看別人的痛苦求平衡嗎？」

我的生活過於安靜像修行，他說：「小心喔，我可不和有老人味的人當朋友。」

我稍微說一下我的生死學，他說：「我們雲南土話說，三個男人在一起，不是說婆娘就是說姑娘，三個老人在一起，不是說棺材就是說墳墓。」

楊式風格用毒針砭痛，有其自創的機鋒，一聽很尖酸醒味，漸漸常回味，久了竟然記得牢。有一天我讀到維摩詰經裡的偈：「火中生蓮華，是可謂希有，在欲而行禪，希有亦如是」，不知怎麼腦海竟然一瞥他這些話，不必抬舉他，他和蓮花、行禪住不同星球，八竿子也打不到一塊兒，非得要攀個緣不可？勉強勾得住的，當然只有「希有」兩字囉。

他在國中自編教材教童軍，設計一份童軍作業是將四維、八德、三達德、童軍銘言等列點並加註，比如禮是規規矩矩的態度、義是正正當當的行爲等等，讓學生拿回家逐條背誦給父母聽並要父母認證簽名才算通過。

我們當老師的，教育初衷皎皎如明月，但遲早都要修滿一門「豈料明月照溝渠」的課，偏偏他的學生一向都是這一半像喝過符水，另一半像被集體催眠似的對他無不服貼聽從，於是這一份可以擺進博物館的古物作業，竟然在一群常嘟嘴四十五度朝下自拍少男少女的稚嫩口中，朗朗上口至倒背如流。

「我要讓大家都忘記的『八股』重生，冷飯熱炒。」品德教育這事，楊式風格如此按下了定音鼓主軸心，形式與意涵他採取先形後意——背背記記，忘也忘不掉，不做反而很怪，那就乾脆做吧。我懂這也是求道的一種方式，假意久了，成真心。

非常大不敬，他把國歌也列入八股的行列。

三民主義，吾黨所宗，這年頭還有誰願意為國歌開口？一周一次的晨間朝會，樂隊的演奏鏗鏗鏘鏘，有多麼大聲就有麼多空洞。一片無奈聲中，他說：「我來試試。」

青少年討厭沉重說教，做事需要有誘因，「我們來帶動一種流行」，上童軍課時他這樣告訴學生，或許還可以加點使命感，「我們的目標是——帶動全國」，而從第一節童軍課開始，他就一直用各種活動引導學生走向自信大方，這時他更機會教育一以貫之的說：「『開口』的動作，就是一種自信大方」。

然後，有一天，抄襲張惠妹在國慶典禮的角色，他讓童軍團和一個班級共六十人，升旗典禮時站上司令台，面向全校當領唱人，帶領全校開口大聲唱國歌。

不唱會傳染，扯開喉嚨大聲唱更會，很快的，每周一次的升旗典禮唱國歌，鑼鼓喇叭穿雲天，嘹亮的國歌競升霄。

而司令台的牆壁，早就貼上海報紙，搭上賣座電影的順風車，海報亮紅大字堂堂寫著：**那些年，國歌在立人國中開始流行**。

一年一度的校慶盛會來臨，各校校長、貴賓、家長們雲集一堂，晴朗的十一月冬天早晨，雲很高，高到可以騰讓出一整個碧淨天空以便國歌歌聲潦亮闊步，集體九十度轉彎，齊排大步再向前。有校長忍不住落了淚，說很久沒聽到國歌這樣忘情大聲的被唱出，有校長回校立刻打電話向立人國中校長請教：「你是怎麼做到的？」

聽說後來立人國中校歌也是這樣拉脖子扯喉嚨唱的，學生們將全校一起唱歌這些事，眞是做得一心一德，貫徹始終。

沒有一件事可獨力完成，這回他眞心在說：「我有校長、主任的全力支援」，不知修了什麼好福德，學生們都肯聽他的指導，他眼神一深：「教書是我今生最幸福的一件事。」

楊式風格，今日公休。

這學期他當了組長，勤快的在各處室間聯繫事務跑公文，有人打趣他：「怎麼這裡那裡都看到你？」

「哎，沒辦法啊，賤人就是腳勤。」楊式風格風乾了也還晾掛在那兒，老了，還可以下酒。

他不會喜歡我這樣說的，風乾？不認識；老，那是什麼？他甩頭，撥一下髮，「絕對不要說我凍齡，我只逆——齡」。

純粹是風格，擁有，及擁有的方式。

03

裝笨

我和淇華是哥兒們，有啥事「一句話」就成；我和他也是姊妹，細微的事兒上，彼此有著別人不及的貼心。

他太謙虛，以至於常稱讚歸功著別人掩藏住真正的自己，可我很多年前就看出他的能耐底蘊，私下稱過他「文青」有時稱「憤青」，我早就確信他內心深處有著一片北地忍不住的文學春天，這些年他倚天一出常得各類文學獎首獎，出書，我那裡會感到一絲絲意外？

回過頭來看，精華終究難掩，他是一個想裝笨蛋卻不成的人。

在教育工作他表面上很笨，比如要讓自己學生是掃地時腰彎得最深的那個人，比如每天七點半到校義務教學生寫詩，比如永不忘品德二字，比如什麼時候了還在提「士」這個字，大家欽羨的是「資優」，比如他引用電影《一代宗師》裡的「見自己，見天地，見眾生」，說真正的「精英」，心中總要懷想著他人。校園老師多半僵化，他一直在展現創意、突破定局：中台灣文學獎、全國第一個校園文創班、帶動全校書寫二行詩、建立各校爭相仿效的模擬聯合國、搶救惠來遺址、推動全校品格運動、推動一中街成立行人徒步區……。

心中總是懷想著他人的成長，他讓學生得以打開不同的生命視窗，多累啊，多做一事多繁忙，或多笨啊，領一樣的薪水。但是，人家他做什麼成什麼的，反倒是越做精神越出，瘦瘦的，質氣很文藝，能量沛然充足，行事游刃有餘，還想繼續裝笨都不像了。

二〇一三年十月，淇華出新書《一萬小時工程：隱形的天才》。

他用這本書當「風雪暗夜荒原行路手中護著的微弱火苗」，他又在謙虛了，我看這句話則是人有情意之外，還得要有實力，「護著」，靠的是眞本事。一個聰明的人進入笨蛋的內在視野，堅持笨蛋身上才有的最好的核心價值，他不聰明誰聰明？

裝笨而已。

太陽花學運期間，淇華的文章火紅的上了媒體，他在臉書寫下〈一個野百合父親寫給立法院女兒的一封信〉，吸引數萬名網友按讚。他寫著：「叫臺灣人愛，很容易；叫臺灣人不恨，卻很難」；他寫著：「除了證明自己對之外，也要承認另一方也有對的部分」；他寫著：「人們總是『太多快思，太少慢想』」；他寫著：「理性才能帶來眞正的民主」。他是我心目中永遠的憤青，但身上動佩著野百合眞正的榮耀馨芬，他勇於抗爭也企望凝衆，他一直在維護一個最對的邏輯叫道統。

誰還記得這兩個字？笨！

眞笨裝笨都是我的哥兒好姊妹，我和他都很忙，心中相約著哪一天，在月光的草原上酩酊一醉，大聲唱國歌。

04

BEAUTYFEN咖啡

豆子都有屬於自己的故事。

屋子邊甜柿掛滿大樹像一盞盞開心討喜的小紅燈籠，這樣的季節度假的我們，在苗栗大湖大南村摘下同時也在屋邊園裡紅咚咚長成一片的咖啡豆。

單品咖啡隨特性與味道建立自己的內涵，而海拔、氣候、雨量、烘焙方式等都決定著咖啡豆會是果酸花草香、堅果味，或是奶酥氣蜂蜜香的風味，但這大南村的咖啡豆，我確信它一定會含有我們這群都會女子的和善友誼，以及關於圓舞曲下午茶喝自己親摘豆子咖啡的翩躚想像，其他的，我委實無法再多說些什麼。

新鮮豆子要脫下紅衣，一粒粒，用很滴水穿石的工夫去積少成多，FEN督促著大家勤作工，沒做完的帶回山下加班。

甜柿下市很久後的有一天，住北部的美玲拿來一大袋剝好的大南村咖啡豆，讓FEN交給專家做後製。

不知又過了多少天的過年前有一天，FEN傳來歐客佬咖啡店老闆十分專業的一句話：「曬不夠乾又封在塑膠袋裡，豆子全發酵了不能用。」

就這樣完了。

FEN的風格不會只這樣。

過完年上班日的又一天，FEN打電話對我說：「我們台中天氣好，我把咖啡豆放在辦公室向陽的窗檯再曝曬。」又有一天，她嬌嬌的邊笑邊輕嚷：「今天全辦公室噴消毒水，我不在，還好組長看到，趕緊用罐子救起那些咖啡豆……」。會嬌嬌的邊笑邊輕嚷，無論多錯都可以賴掉的，通常，不，一定都是美女。你能拿美麗怎麼辦？

海拔、氣候、雨量、烘焙方式等都決定著咖啡豆會是果酸花草香、堅果味，或是奶酥氣蜂蜜香的風味，但這曬不夠乾封在塑膠袋裡再拿出來曬，又噴過消毒水大南村的咖啡豆……，我想，身爲咖啡豆一定不會想要這樣，但，你能拿美麗怎麼辦？

終於到了我們再度上山度假的日子，在遍山已櫻紅李花也未謝的季節。FEN的後車箱滿滿家當雜物、睡袋、行李，那袋歷經滄桑的咖啡豆就塞在間隙五官曲扭。

會不會呼吸困難？台中大湖一小時，FEN說不會。但後來半途FEN陪同行友人買一下睡袋又順便買特價防寒衣多用去四十分鐘，又說校長指名一定要去赴個宴，在豐原暫停一下等候她，再加上一小段迷路，我們回到咖啡豆的故鄉總共花了六、七小時。

後車箱窒息一袋咖啡豆？不是只有海拔、氣候、雨量的問題，身爲咖啡豆真的從未想到會這樣。

晚飯後，FEN拿出那袋已裸身的咖啡豆說還有一層膜請大家幫忙剝，於是坐矮凳、坐沙發的女子全都彎腰向著一袋咖啡豆專注搓著剝著，我起身水花啦啦的清洗浴室刷馬桶、撣得很猛鋪得很平的爲大家鋪床墊，牛蛙大聲求偶爲愛鳴唱的山居晚上，我真不願剝豆膜。

看大家真認真喔，我說，這些咖啡該有個自己的品牌，FEN是這場咖啡事的靈魂人物，就叫它BEAUTYFENFEN咖啡吧！BEAUTYFENFEN嗯的一聲輕笑表示首肯。臨睡前，還有十分之九BEAUTYFENFEN咖啡未退膜，緩慢漸進漫長，剝咖啡豆眞是一件很修行的事。

那十分之一幸運兒在隔日午餐之後，大夥正在院埕大龍眼樹旁各據一椅打個陽春小盹的時候，無比寵幸的被FEN用盤子承放著端去了廚房灶前倒進炒鍋裡，不久，別說一夢根本是黃粱才剛下鍋那一丁點時間，山上透明光色爽淨質地的空氣先是破冰船駛過一道焦烤烘燥味，旋即白色輕煙從窗口竄飛，然後，嬌嬌的一點銳角都沒有的長聲叫嚷驚嚇一排緋紅櫻落的響起：「我炒焦了，火太大！」

挑去焦到不能看的那些，FEN將勉強能看的快速磨成粉，墊上濾紙加水煮咖啡，我們坐著長條椅圍著四角木桌等待，隱隱一點幸福感流動在漸漸浮升蒸騰的咖啡香氣裡，從大南起又回到大南來，和這群好相處的女子早有因緣似的纏纏繞繞，如今歷經滄桑的咖啡豆竟自就要修成正果了，雖然，身爲咖啡豆一定不會想要過程是這樣。

FEN爲大家斟咖啡，如果你身邊有一位像這樣的朋友，應該也會是剛剛那一襲薄薄幸福感的成份之一吧，雖然，你也必須承認，你眞的不知該拿美麗怎麼辦。

「怎麼樣？」FEN嬌嗓問喝第一口的愛玲。

果酸花草香、堅果味，或是奶酥氣蜂蜜香？愛玲認眞品了一下，說：「深坑豆腐」。

愛玲的眞正意思是「像豆腐裡的深坑」。濃焦味。

我咂咂嘴，好好的說。是烘焙過了頭的焦燥味，但是凝注一下會感到焦得並不飽滿，隱約出現的斷層裡有一種輕微輕微的酸，像一種——還留有任性天眞的成熟。

BEAUTYFENFEN嗯了一聲，點頭，輕笑。

還剩一些咖啡粉，只夠再煮半壺，壺水咕嚕咕嚕，我們談著笑著，咖啡好了，

BEAUTYFENFEN爲我們一人再添一點，輕啜，入口，品牌特色廣告詞全跑出來了，我舉杯忍不住說：

BEAUTYFENFEN咖啡，孩子氣的成熟，你永遠喝不到相同的第二杯。

十分之九BEAUTYFENFEN咖啡豆加吃晚餐時間共四五小時塞在後車箱五官曲扭從大湖再回台中。

你問我緋紅櫻花已謝桃李都快結實了，那些咖啡豆現在怎麼樣了，我只能回答BEAUTYFENFEN沒再提起過，說不定哪一天陽光若大好，它們又會出現在她辦公室的窗檯上，管它發酵不發酵，後車箱不後車箱，炒焦不炒焦，只要灑消毒水的時候來得及搶救就可以了。

是豆子大概都不想自己會這樣。但美麗的人，都那樣。

BEAUTYFENFEN咖啡，你永遠喝不到相同的第二杯。

05

一些人，一些事

順成盛邀我與師丈去香港不下二十次，我認眞規劃著要去的心也絕對不遑多讓，但世事往往朝相反的方向發展，我和他的眞情指數都破了表，香江仍未成行。順成任職香港匯豐銀行，是我三十年前的學生。

這次我給他的簡訊是這樣：「如果能去香港，意味師丈病情穩定，所以我非常期待那一天的到來。」

他說：「明白了，我懂，祝師丈身體健康。」

這些年，透過簡訊、網路、電話、書信等等聯絡方式，學生們都會加上一句對師丈的祝福，而他們大多數人都沒見過師丈的面，有的一時口誤還慌張說成「姑丈」，有時想想，師丈眞是師與生之間，最可憐愛的第三人。

這比愛屋及烏更深刻，因爲這是相干了才肯花心思的世間，師與生都不必定相干，與師丈，更不相干。

若要爲快速聯結、無限延展的網路社群找個對立面名詞，「師丈」兩字也許是可入庫的；先是一層固定明晰的師生關係建立，然後，聯結出「師丈」，然後，到此爲止。聯結無法快速、延展性零。

幾個十六、七歲高中男生因由「你們的問好聲會將癌細胞嚇跑」，每次一照面，「師丈好」喊得眞像分貝比賽。最常見到師丈的是我社大文學班的學生，全班年紀參差不齊，最年輕的至少都三十，她們喊師丈時親暱加善意個個都成了小女孩，師丈住院期間她們用簡訊替師丈祈福，我一打開手機，十幾通簡訊叮咚聲串連不絕如音律，那是一首明亮純潔的天籟。

惠中寺裡的法師也總是聲聲「師丈」。佛光山上有位永瑞法師，一場因緣際會罷了，素未謀面時她就已爲師丈在佛前點燃一盞光明燈，後來我在一個雨後的仲夏夜晚上山去謝她，她從淡而迷漫的玉蘭花氣中，素袍向我走來。

一個一個人，一件一件事，這幾年我記得尤其清楚。

我積極正向，但也不掩藏破滅；明白破滅，也不關閉積極正向，我喜歡宮崎駿就是這個原因。人性的幽森、陰暗、軟弱、多面我是洞悉與深諳的，我也知道自己難以全然熱情一如往昔，但我一直保持正向，對人事越來越能理解體貼。雖說閱讀寫作使我在難作主的世事困境裡獲得極大的心靈自由，但是直接灌注我不斷在消耗，需用性極大能量庫存量的，絕對是生活中類似這些小小情事給我的深細感動，不單只師丈這件事，是因爲素樸、天然、良善，人與人之間最單純完好的對待，不相干也有溫度。

我始終在尋覓的人與人之間。

那天我帶著《秘密》這本書，繁忙年假裡，手邊想有一本易讀、快完成的書，我翻看前幾頁，正在介紹吸引力原則。店裡一位年輕女員工走過瞥見了，笑說「你在看《秘密》喔，吸引力法則吼，我們一直想我要中樂透我要中樂透就能中樂透嗎？」不一會兒，另一位服務人員也發現，一樣的開場白「你在看《秘密》喔？」我哈拉的將剛才那女孩的話轉述一遍。

這女孩竟然說：「可是，我不是這樣想的。不是中不中的問題，是保持一種心靈狀態，每次買樂透都想著我會中，保有一種開心的、希望的、想像的心靈狀態。」

我一時啞口。

「對事情我都這樣看的，我不知道我會不會太樂天。」她繼續說：「但我很希望自己到四十、五十、六十歲，經過許多挫折不如意之後，也還能依然如此，沒改變。」

我禁不住抬眼深看她一眼，這女孩才二十歲左右。她前一句話話好，後一句更好，她希望自己明白了破滅，也不關閉積極正向。

身是眼中人，她是我嗎？我是她嗎？我們是你嗎？

06 生命是長長的風

年前有一場難得的逢聚，和兩位青壯男子。

他們都在校園任教職，而我離開校園很久了，和男老師一向少交集。這次是我主動邀局。

其中之一是淇華。那天他米色襯衫領裡一截深色套頭翻領，倚靠在椅子裡，自在高談自己的校園理想與堅持，骨子裡的憤青血液汩汩噴灑，一反平日我與他見面場合，他忙碌張羅、周全招待、照顧全局的活動主辦人形象。

他主辦的活動：中臺灣文學獎、每年自校與校際大小型文藝營、詩教學、圖書館各類活動……，如果你還相信臺灣社會有人在大力推廣文學這樁事，他就是。

他在做的事我想我有點了解，一言以敝之，他想豐富學生的人格力量。

我常是他主辦活動裡，不具知名度光環，但都能恪盡職守不讓他失臉的講師，一屆二屆的，就成了忘年之交，中臺灣文學獎有幾屆我就當了幾屆評審，人生有些特別的事，有具體的一個人可以應證行路履痕當然難得，但我想，他更是爲了尋找聲氣相投的同路人。我已經答應他了，無論主角、配角、救火、龍套，爲了他每年都辦的活動，我會將自己身心都保持在最好的狀態。

話說回來，他是文青，批判性極強，對人對事都有犀利見地，每場演講他都在座中「監聽」，我要是不一直創新主題內容，過得了他的關嗎？創意是他生命的泉源，他主辦的臺中市青年文創營，開始有營隊主題，今年的叫「詩樂府」，營隊結束前，各小組要合力創作詞曲具足的隊歌，並且全組上臺演唱。

方文山來了、他會彈吉他的樂器行老闆帶朋友一起來了、詩人嚴忠正來了、我為了他出的題目，卯足了勁學威力導演，人家是樂府，沒歌沒音樂可以嗎？後來，我帶了「聽覺書寫」去文創營，演講題目是〈文學海，音聲的浪花〉。

明年不知道他又要出什麼新招？但我相信，這次參加活動的孩子，絕對嶄新開啟了自己的體驗視野，連我自己，都刷新個人文學演講的新思維。

營隊結束，營隊的主題歌誕生。四分之四，G大調。歌名：〈**長風**〉。

青春是長長的風　要吹過花朵的海洋　要衝到老鷹的天空
青春是長長的風　沒有越不過的海洋　沒有衝不到的天空
生命是長長的風　勇敢做自己的夢　努力讓地球轉動
生命是長長的風　長存一點浩然氣　永做千里快哉風
（副）歌聲是長長的風　吹乾淚水吹走痛　留住美好留下夢
一生迴盪在胸中
友誼是長長的風　曾經一起感動　來日必將重逢

作詞蔡淇華，作曲張嘉亨，主唱張嘉亨。

是的，在座另一位就是張嘉亨。

國中老師，在教會組樂團，已考上國中校長資格正等待分發，「通常要有些背景關係，所以恐怕要等很久。」他說，我於是眞誠的祝福他「分到小校，小學校比較能實現理想。」他點點頭。小校適合他彈著吉他，帶全校學生唱歌。

我說日月潭邊德化國小的畢業典禮，是讓畢業生划獨木舟到定點折還，舟上載著自己的父母親。他聆聽的眼神深了一下。我說防校園霸凌的方法是老師都練空手道擒拿術，那一刻，我想全世界也只有他們倆懂爲什麼。

諳交際、喜應酬的人總是爬升得快，我們的教育部長，一身西裝革履的去到出現事件學校做演講，只因爲學生小鼓譟，就皺眉不悅，他必定是教育界的天人，從不知人間煙火。臺灣校園其實也從沒有出現過健全的文化，那天，我在他們兩人的身上眼底，倒是看見久違的清純。文創營主題歌，考核沒加分，

勇敢做自己的夢，努力讓地球轉動。

他們是高中同學，談了許多過往，那天天要去學校「喬」事情的高中時代、詩與民歌的大學時期、同學間不同的人生際遇與選擇、教育工作的實務與不懈。荒漠漠的人生，浮騰的城市，我喜歡偶爾和這樣的人在毫不起眼的時空的一隅，光影閃滅的逢識相聚也很好。

爲了確定這世上總還有這樣的一些人。

07 妳就是靜靜的嵐白

心上始終擱淺著一座農場，自從得悉妳在清境之後。

妳傳簡訊來，訴說那兒的靜美，說妳工作的那家民宿叫嵐山小鎮。小鎮是妳身上生成的風格，山比海更像妳生命的型態，那麼，嵐呢，嵐又將與妳有怎樣的聯結？

民宿餐廳三面加上屋頂全都是透明玻璃，大視野，景觀層疊又迢遞，與山巒之間的凹谷像個長型的綠碗，盛著紅紅白白各式各樣的建築物。餐後，嵐，就慢慢從山後無聲無息的漫升、湧溢、包覆，景物從遠至近被山嵐逐一以霧白浸染，暈抹，只一下，純一無物，玻璃窗外一大片白茫茫天地眞乾淨。

妳就是靜靜的嵐白。

時間眞是世上最神奇微妙的存在，它無形，卻極有重量的存在，以爲消失不在的，它卻讓魂神始終迴盪繚繞，藉由任一光晃的恍忽的很難言說的針尖微芒的某個刹那，它能身歷三D現場讓以爲早已忘記的往事倏然臨現；時間，不斷推搡讓我向前不停，又從未曾減損消失的在背後緊偎留我。經過推與拉張力的拉扯撕裂，人，成長得快。

十年一章節啊，我在翻頁。我想，因爲這十年的際遇，我才能份外懂得妳。

女子多纏綿瑣細，而妳安靜少言，開口說話也都簡朗，喜山喜花樹喜自然，自是一派素約明毅。

去年夏天我出散文集，送妳一本，也順便託妳多帶一本去給與妳都住在竹山的U。後來聽她說，妳將我散文集裡比較艱深拗口、難懂，總之是U可能看不懂的字句，一處一處挑出來，工整細心的畫線、注音、寫上解釋，才送去給她。

在涼淨的台灣高山林間，只適宜樹下一杯白氣氤氳的清茶，妳是我淡雅的朋友。

我說我從雪見高山撿了帶綠眼睛的一玫小紅葉回來，不能捨，就放進烤箱烘焙，想留住那討喜的色相，結果它乾枯酥碎了，妳聞言輕輕的笑了起來。

「不能這樣的，那就夾在厚電話簿裡，約莫可以留住顏色。」

妳是押花老師，我家裡有妳做的小手冊，封面押著素雅的小花葉，我怎樣也捨不得使用它；天地都黑去的睡眠時刻，我床邊亮起的小夜燈，燈罩也有秋光下盛開的褐紅小草花。

月光下行走有花初開的季節，空氣裡飄浮一股好聞的清香若隱若現，一用力呼吸它就消散無蹤，走著走著它就四周浮漫。淡淡的沾月光味的花香，我們的友情。（楊真真繪）

我們相識在七年前一場宴席上，今日歡，明日別，宴席中在在都是一面之緣的萍水情份，我們卻淡淡的留下了彼此，七年中見面的次數十指可數吧；淡的是墨，不是力道。

「妳還好吧？」我有事，妳的問安總是簡省。

「到臺中要來我家喝咖啡。」我對妳的邀約也從來不華麗熱絡。

偶爾妳傳個簡訊，說說剛忙過了的陽光的午後，小庭園裡爲自己泡杯清茶的閒適美好，或電話那頭劈頭就說「妳聽」，然後我就聽到一段遼遠明亮的笛聲，吹奏著深情婉轉的〈一翦梅〉，在那尋常日子的一個下著雨的黃昏。

是個盲樂師，去到妳當時工作的鳳凰鳥園小店裡。

但鳳凰鳥園、嵐山小鎮，不也正透露著妳現實生活的小小負擔；單親，獨力養家帶大兒女，過中年了，還奔波不定。

白，讓玻璃屋的光線柔暗了一些，妳正好坐在我對面，五官線條像在濾片下那樣清晰柔和，這兒的生活讓妳氣色不錯，布衣褲，短髮素顏，顴頰淡斑點，雙眼皮又彎又深，笑起來的時候，眼尾皺褶如游魚的長尾。

七年前初識妳就這樣嗎或不是，繁華易落，我總認爲世間唯樸素安靜最適合對抗時間，從不感到妳會發生什麼事，就如妳與朋友相處時不驚不動的存在，但樸素安靜的人多半有事就擔，不能擔就吞忍，不能忍就獨自哭泣，我們好像都忘了妳就是這種人。

記憶中，妳多說一些話只有兩回，一是意外說起當年的失婚，一是去年年底，妳以爲自己罹癌的烏龍事件，從醫院騎單車一路哭著回家，沒告訴任何人，自己哭了三天瘦了一圈，已經全都沒事了，但不讓人感到會發生什麼事的人，一開口，怎麼就是生命中陡峻的大事。

開口，都在說結果，那麼，一身走過那充滿細節與險轉彎的過程呢，妳是怎麼辦到的？

實在太奇特了，嵐山小鎮的下午茶時光，相機對著窗外就背光，鏡頭裡每個人都成黑色的剪影，那一刻，在色相盡斂，徹天徹地的白的全然包覆下，我看見，如此之素，又素得如此安靜的時光。

妳，嵐白，時光，一景深似一景，縱深無限延續，擴大到無邊際宇宙，我眞想就坐在這兒，深深坐著，坐到游離幻化消逝而去。

詩人說，坐擁天地的人，擁有簡單的寂寞，我不在高處，但領悟得到簡單的寂寞就是生命的終極解答，這世界本來就不是我所理解的，太多人又用複雜將生命解讀得更迂迴艱深；而我如今眞是喜歡，妳剛健如一的樸簡。

那天山嵐散盡色相紛陳時際，我們告別了妳，除了謝謝，我也沒對妳多說什麼，我用了妳一向的方式。

我有夜晚獨自經過花園的經驗，月光下行走有花初開的季節，空氣裡飄浮一股好聞的清香若隱若現，一用力呼吸它就消散無蹤，走著走著它就四周浮漫。淡淡的沾月光味的花香，我們的友情。

08

像我這樣的人，能夠……

1

走過長長紅地毯，步階，上台，當佛陀舍利金塔被恭敬放妥，金塔與佛轎一結合，廣場電視牆同步給了一個滿幅大特寫，那剎那，我在心中由衷讚嘆一聲：「許師兄，這是你的圓滿小宇宙了」。

許文山，佛光山水滴分會會員，〈佛祖巡境，全民平安〉行腳托缽到臺中，舍利佛轎製作者。

2

「今天很忙，忙到忘記招呼許師兄吃飯。」

「對啊，他都一個人默默在做事。」

「是啊，忘記招呼他吃飯，他就會一個人去外頭吃。」

「他非常客氣，沒第二句話就接了做佛轎的工作，獨自一人默默工作，有時工作到好晚。」

「越是這樣的人，我最願意護持，每次都被他感動到。」

……

惠中寺尋常日子的午後，兩位師姊的尋常對話，我第一次聽到這件事，這個人。

3

見到許師兄的時候，佛轎已做到第四天，隔天早上就能完成。

他說金黃色最難調，他一遍一遍、一層一層的上漆，要調到自己滿意為止，他無法形容的，我懂，他要一種最飽合圓滿的金。

三十五年木工，十多年佛光人，全家都是虔敬的佛教徒。他相信三世因果，珍惜今世今生，在意生活的種種，「活在當下」，他簡潔的說。

去年惠中寺舉辦〈巧智慧心——茶花書香聯合生活藝術展〉，花藝老師需要一個大花瓶，試過幾種材質式樣都不適合，決定用木材，住持覺居法師急徵會木工的佛光人，許師兄隨順因緣，就這樣接下他刷新自己經驗的工作。

結果？那令人驚豔的大花瓶是那次展覽最聚光的焦點，華貴孔雀藍木質大花瓶，插著一大株粉心白瓣的老梅，梅花暗香浮動惠中寺一整個月，許師兄好手藝口碑相傳歷時而不衰。

佛陀舍利子佛轎，許師兄再度刷新自我經驗，覺居法師一通電話他就承擔，一結束自己手邊的工作後就專心投入，每天朝日來星月去，還頻頻加班趕工，五天，獨力，佛轎完成。毫無過往經驗可憑藉，他做起來卻毫無障礙。

「佛陀的指引，」他說，「也感謝覺居法師給我這樣的機會。」

覺居法師表示：「通常我只給梗概，他卻都能鉅細靡遺所願如實的完成。」說起許文山，覺居法師一句話概括：「使命必達。」

4

二〇一一年十二月十五日，夜晚七點，〈佛祖巡境，全民平安〉臺中市壇場，許師兄一家人和一群朋友都到場，看見佛轎，家人與有榮焉，朋友們忍不住問：「你是怎麼做到的？」至於他自己，一貫的素樸，不變的木訥：「佛轎裝飾過，變更漂亮。」

「許師兄，說說你看見大電視牆的那一幕，心裡面，心裡面有感到什麼嗎？」

「心裡面……？我不會說，——你知道我不會講話」，電話這頭，我用靜默等候，聽到很不會說話的他說：「像我這樣的人，能夠……，很榮幸。」

躬逢、親近、膜拜、貢獻、服務，我們如許平凡而如許榮殊，「……」，是語塞、是喉堵、是哽咽，是無言可布達的溫熱感動。他用無言說出我們每個人的深心。

舍利在，佛陀在，詮釋這場今生逢遇，哪一句話能勝過許師兄的無言？

像我們這樣的人，能夠……，很榮幸。

09

記憶洪醒夫

1

有些人是光，你感受過，就難忘，即便久了，也還有溫度。

洪醒夫（一九四九～一九八二）離開近三十年了，但他一直都在。很多國中生、高中生都在國文課本讀他的〈紙船印象〉、〈散戲〉，他的家鄉彰化縣二林鎮於二〇〇七年，興建起一座洪醒夫文學公園。

二〇〇九年夏天，我去到二林，在二林國小門口遇見幾個鑽耳洞穿垮褲的少年仔，我說，你們知道洪醒夫嗎？他們側首想了一會兒，其中有一個恍然大悟大聲回說：「我知道，那個公園，開幕那天我們有去表演街舞。」

無論你用那種方式，都請記憶洪醒夫。

2

八〇年代初，我一直著迷於與自己生活情感極其貼近相應的三三集團中產階級都會書寫，有一天，我在臺中一家書店，隨手翻看一本小說。

竟至不能自己。

都是我熟悉的海邊外婆家貧窮鄉村場景，我熟悉的刻紋如刀削的純樸農民臉譜，觸動到我心弦的還有阿麗，那也是只長我兩歲的小阿姨，文瘋，被男人欺負，懷了野種……。

情感突然倏地激動了起來，翻看封面：《黑面慶仔》，洪醒夫著，爾雅。

我看到與自己生活情感不同面相的生活書寫，如此眞實深切，超越共鳴相感的層次，我感到一股無名深細的悲感。小人物面對坎坷現實的無力與承擔，卑微又認命，平凡又高貴；生活，必須如此盡力賣命。我自以爲對鄉村景況熟悉，但我畢竟未曾生活與共，不曾從內裡關懷，我從未眞正試著進入弱者的內在視野，去關照變遷得令他們只有傻眼的現實環境。

然後，除了那一天的「洪醒夫」感動，我一點也沒多做什麼或改變什麼。沒什麼改變，我是說人常在固定的常軌循環，紮實，安全。

有一年，教科書新選進一篇小說叫〈散戲〉，我驚喜的看見作者「洪醒夫」三個字，仔細照著教師手冊的資料授課，學生們也都喜歡這一課，但是，我總是覺得，我在講臺上所說的不全然對焦，卻又不明白焦點究竟是什麼。

一直到退休後，我可以專注於自己，不爲任何目地再重新閱讀洪醒夫。詩、散文、小說、評論……全面而仔細。在外公、外婆都墓木已拱，甚且父母都去世，小阿姨帶著瘋病出嫁有了自己的小孩，並寡居老去，鄉下老家被購買改建成水泥樓房，通霄鎭五里牌小村莊，變化得又快又猛的二〇〇九年。

因由，我通霄五里牌童年原鄉的不再，因由，歲月裡漸有風霜，我眞正體念人與命運抗爭的強韌，因由，厚重，是生命存在最動人的型態，也因由，我由衷悲憫弱者而感到自己一無能力，一直到這一刻，我才和八〇年代初那個書店裡動容於洪醒夫作品的年輕女子，整個銜連起來。

我爲許多才情篇章驚豔折服，但讀洪醒夫作品，我悲愴又感動。

3

洪醒夫是田莊人，目睹農村的沒落，也經歷過生活的艱難，因而他書寫鄉土人事，筆觸充滿著悲憫與同情。細讀洪醒夫的小說，會發現他對社會最迫切需要被照顧，卻最被忽略的一群小人物的眞切關愛，而那些小人物面對困境時，不哭天喊地，也沒有訴苦抱怨，他們對命運只有默默承負。彭瑞金說：「洪醒夫一向就不主張為他的小說『人物』解釋什麼，而只讓我們從他的小說人物去體會什麼。」

體會什麼？

我體會到這個社會恆有時時受苦的弱者。

我體會到什麼叫眞正的高低；窮苦卑微小人物，往往以尊嚴讓自己的生命無比高貴。

我也體會一位作家最赤心直接的悲憫情衷，對人道眞正的實踐與深度關懷。

他筆下所有故事是用來關懷故事裡的人的處境。比如〈散戲〉一文探究的不在於傳統戲劇的沒落，而在於人性面臨理想與衝突時的抉擇，以及執著信念者在拔離時的宿命性悲劇。不只傳統戲劇，所有新舊事物轉型期間，必然在在充滿選擇與傷痛的故事，而時光從不爲任何傷痛放慢腳步。

洪醒夫懂得金發伯、秀潔的堅持，但也不會認爲阿旺嫂有什麼過失，在一個變動的當口，永遠都會有這兩種不同選擇的存在，而大家好好演一場之後，找「正經的」事去做吧，戲，要散了。「好好演」，最後一抹尊嚴的堅持。

散戲，文化的退位，尊嚴的保留。一直要到這一刻，我才將〈散戲〉這一課清晰對焦。

而一向反權威，見不得形式、虛假、官僚，對教育現象犀利批判的洪醒夫，怎可能對存在諸多問題的鄉土人事無所苛責要求？因爲了解，所以慈悲，他用溫情理解他鍾愛的人群，不用利刃解剖農村。洪醒夫說：「與其說我們關心這些故事，倒不如說我們關心他們的生活，他們可都是活生生的啊！他們活在愚昧的世界裡，而愚昧本身自然有它的意義；你不必贊同，更不會去提倡它，卻忍不住要去關懷它。所以，我老是感慨萬千地傾聽這些故事，傾聽他們，就可以諒解他們，諒解是關心的第一個條件。」

他是橋，他一直想爲鄉里、社會盡心力，將記憶深處，自己熟悉了一輩子的鄉人如實且稱職的呈現與記錄，就是他書寫的本願初衷，爲他的鄉人，爲市井小民，他一定樂意把身體伸長，也把雙手伸長，從河的這邊伸過去，緊緊抓住對岸：

〈橋〉　洪醒夫

在路與路之間
我希望自己是一座橋
在山和水
在人和人
甚至貓和老鼠之間
我希望自己也是
一座
橋

4

假如洪醒夫的座車沒翻覆在一九八二年七月那一個風雨淒厲的颱風夜？吳晟曾說洪醒夫在聽黨外演講時，不怕跟拍，他總是挺在最前面聆聽，展現一種反正我不怕的那種豪氣。

利錦祥說洪醒夫以書寫庶民悲苦的俄國寫實主義大文豪杜斯妥也夫斯基自擬，自稱「司徒門洪醒夫斯基」，說他爲無力改變大環境許多不合理的事而鬱悶。

這三十年，臺灣經歷迭起的風波，社會變遷得如此快速，公理是非混淆不明，解嚴後，社會運動更是風起雲湧，洪醒夫若還在，他一定會站在風頂潮頭吧，或者他會乾脆選擇去從政？而受忽視的弱勢族群只增不減，洪醒夫斯基，你受得了奢華得彷彿世紀末的臺灣嗎？你會選擇激情衝撞，或者你會失望與噤聲？

而我只能說，洪醒夫斯基，我越來越親近你，雖然從未見過你，也沒能多爲你做些什麼，但是我一直閱讀你，在每一個可以的時刻，我總是向人打探你，對人提起你，指導年輕學子細讀你，教〈散戲〉這一課，非常抓得住你。

這就是我記憶洪醒夫的方式。

10 化蝶・添霜

——小記林明德老師

引

改變酸性體質爲體，抗氧化爲用，太平酒莊新產品茄紅素醋，深深打動愛美重養生的我的心。「但要常期喝醋才有用，」業者叮嚀：「改變體質可不是容易的事。」

化蝶

林明德老師輔大中文系退休，由臺北到彰師大國文系任教，我總是因事到彰師大才順訪，但自己當了三十年老師，還有人就在你生活圈內，可被你左一聲右一聲的呼「老師」，沒事也覺得有依有靠。

我那位當記者的學妹必有同感，有一次我看到老師百忙中接聽一通電話，怎麼就說文解字了起來？原來學妹寫新聞稿不知有個字該怎麼寫，雖然那個字也許是小學生級數，但不會，當然問老師囉。

二○○四年七月二十七日，老師就任彰師大國文系系主任的前五天，就已經詳細觀察系所的整體環境，羅列出五十幾條需改善的缺失，包括氣窗鈕把老舊遲鈍、女廁所黏貼式掛鉤極易脫落等等，人人可忍但著實不便的極其細微之處。五天後，他正式上任，馬不停蹄將自己的發現一一履踐，挑得多、做得多、麻煩多，我心想，這不就是作繭自縛嗎？但他竟然，棼絲全治，做到了還追加！

我喜歡彰師大國文系三樓走廊的「游於藝」展示櫥窗，圍著小天井的兩面，局雖小而韻高，掀揭國文系師生學術鑽研之外，另一隅心靈的風景。二〇〇五年年底，詩人教授渡也的「古文物珍藏展之臺中彰化篇」登場，展現臺灣早期常民生活史，而一年多以來，這兒曾有過黃志農老師的「燈燭敘舊老燈具展」、全體老師的「大家來獻寶」及施性輝老師的「臺灣陶藝鹿港燒」，在林老師「五十幾條需改善的缺失」羅列之前，此處沒有任何風景，一排堆置雜物的尋常鐵櫃而已。

因由關愛，師母並不贊成老師接行政工作，二〇〇五年秋天，師母應一場詩學會議蒞臨彰師大，整所國文系由入門的階梯開始，都在對她細說今昔，親見親聞親感受，回臺北後，她卸下反對黨角色。

有些人將理想用來實驗，我想，老師將理想用來實踐。

隱隱風雷蘊成，中部地區許多中學國文教師的眼光尋獲到共同落點，有些中學生被老師帶來聽演講，彰師大顧名思義就是中臺灣教育核心所在地，這招牌於焉被剔拭得更加醒亮。再是反對他的人都說：「林明德有做事。」

二〇〇五年八月，老師身膺彰師大副校長之職，他清晨四、五點慢跑思索校務，發現校園路燈天光大亮仍不熄的浪費情形，旋即著手改善的事，一直爲大家津津樂道，但我一點也不覺稀奇，由系務擴大爲校務、由五十幾條擴大爲更多更細的環境缺失清單，再一次的挑得多、做得多、麻煩更多罷了。

將理想拿去實踐的人不都是：理亂，抽絲，破了一個蛹，化蝶，再作一個繭。

添霜

每當有人誇老師年輕，請教保養之方時，老師總是呵呵笑指著我說：「問問我這學生吧！」其實，除卻慢跑、氣功，老師每天必用冷水洗臉，並拍打兩百下。然而，一路走來，任是獨門保養祕方也力拙，別人未必察覺，我卻已發現老師鬢髮添新霜，消瘦了些，臉上潤亮的光澤也褪退了些，我問老師身體可如常，老師的微笑，原味之外多了一星他味。

老師曾告訴我：「改革既有的舊事物，必須耐心等待它體質的改變；建樹新事物，就結合專業理念一起進場。」甫成立的彰師大臺文所，興建過程不免風雨，但很快的，就以其雅靜的中式禪風，躍升為彰師大人文新景點，臺文所邀請彰化縣在地鄉土作家輪流擔任講座的「彰化學」也已呼之欲出。

對待一個改革者，人性不會例外，歷史鮮少改寫吧！流言、耳語、小道、蔑污一樣降臨在老師身上，老師總是緊緊揪住不實的謠言傳聞，迅速召集相關人等，雷霆霹靂當頭照面問根由，並咄咄逼出造謠生事的小人，「因為我擁有相對高位，應該這樣處理問題。」人群恆常存在的，永遠不敵小人唯令君子埋冤氣結的不變慣例，這次被老師的不畏事、不妥協、不怕得罪人，以金鋼怒目之勢，轟然打破了。

歷史上有位皇帝，召那剛打勝仗凱旋歸來忍不住驕矜的大將來到密室，打開一口箱子，裡面滿滿都是大將不在朝廷期間，大臣們對他詆毀讒謗的奏章。

當蘇東坡入獄，「魂驚湯火命如雞」，陷害他的李定在等待上朝的崇正殿門外，忍不住得意洋洋想評論蘇東坡時，大臣們默默轉身，無一人搭腔。

如果領導者都有這位皇帝的識見，如果衆人都明智的選擇背向陰暗，歷史的法則，當不至令人每每掩卷悽愴，這兩者，幸喜老師都不缺，但風頭如刀、面如割，堅持做對的事，排除困難奮力前行，終究，萬分辛苦。

每天必用冷水洗臉並拍打兩百下，也粉飾不了老師的辛苦，老師用一小句話涵括所有能言、難言的辛苦：

「總得有人作點夢。」

爲師

老師名字前冠上任何頭銜也無法「秦伯善嫁妾」的取代，他橫豎就是，我的老師。

是老師，所以很多適當的時機，我足當堪任的狀況，總會爲我鋪留一席；是老師，所以毫不計酬償、場面，只要我開口，就應邀講演，且超值演出；是老師，所以吃遍全臺美食，也願隨我屈身在小巷弄裡的咖啡屋，靜靜談些家常；是老師，但可不是所有老師，才能春風一襲，讓弟子次次願意順訪。

當系主任時，老師做了一件事。正值大刀闊斧興利除弊之際，老師感受到有些人心中強烈的不安，他善意主動去靠近反對的聲浪，也不忘去到最感無助的人身邊，說聲：「你只管做好你該做的事，我當你靠山。」

老師通透、圓和、親切，有一雙帶笑意的誠懇的眼睛，有他在的場合都會熱絡，任何人在他身邊，都感到受他照顧。老師所屬酒黨黨魁曾永義教授曾說：「當年他們系所許多人都想揍林明德，因爲他追走了臺大中文系所最漂亮的女生，但奇怪的是，見過那個叫林明德的小子後，大家都喜歡他。」除卻這些，我卻仍有別人未覺的觀察，我認爲老師更近俠的性格，不只不怕惡，他看得見弱者。

年前這趟順訪，老師剛好在巡視國文系弘道館的電梯興建，飲水器要這樣挪、地板要那樣弄，老師說：「一點小瑕疵都得重做，工人們都知道，彰師大的施工一定要精細。」我們一起站在窗邊，面對滿窗扶疏多姿的枝葉，老師又說兩棵鳳凰樹、兩棵樟樹、一棵榕樹，這五樹下將來要築建一座露天劇場，假日的校園遍灑淡金冬陽，一派清寧悠閒，怎麼就老師一人總也不清閒？

臨別前我和老師並肩面向「游於藝」櫥窗，老師的神情讓我油然想起融融絃歌中，乘車行駛子游爲宰的武城時的孔子的心情。「人生過到一個階段，沒有欲求、不需名位，只是奉獻。」我聽見老師輕輕在說。

尾

當然我沒忘記送上一瓶茄紅素養生醋，老師問怎麼喝，「早晚一杯要稀釋。」要常期喝才有用，改變體質可不是件容易的事，這一層，何消我說，老師比我懂。

11

滿川風雨看潮生

——特寫榮譽朋友陳憲仁

很多人心目中的「榮譽朋友」

繼陳千武、林之助之後，二〇〇八年夏天，第三位榮獲「臺中市榮譽市民」的藝文界人氏，是我的朋友陳憲仁。

「臺中市榮譽市民」到底有多「大」，我眞的不太知道，假若有一天奧運會選在臺中市舉行的話，我想，陳憲仁一定會穿上運動褲被分到跑一段聖火，但在那一天來臨之前，我非常確知的是，他是很多人心目中的「榮譽朋友」。

朋友容易當，榮譽，可就需要點一致性。

你逢人提起「陳憲仁」三個字，很快就會發現，人們的評語單調到已至乏味的地步：「好人」、「謙謙君子」、「溫厚斯文」、「守口如瓶」，這世界流行的是「爆點」，好像不有點爭議性、小內幕，就不算有份量，「陳憲仁」三個字眞掐死不少人的想像力，也破壞炒熱話題的煽動力。甚至，你從說話人眼眸中也看不到摻有一絲絲的駁雜或閃爍；而其實，最最多人使用在他身上的那句話，比單調乏味更不如，在臺灣全島，不同時空、任一場合，你說「陳憲仁」，必有人接「哦，明道文藝嘛」。

話雖如此說，不過，榮譽朋友加明道文藝，我個人認爲，這已差不多就是完整的陳憲仁了。

因爲前者屬做人，後者是做事，做人加做事等於人的一生，在陳憲仁身上，這兩者尚且彼此浸潤滲透，均均勻勻。

他收人心，一向是無遠弗屆，無人可免

他的好友張曼娟這樣說，假如A發現她和陳憲仁在法式餐廳共享二人浪漫燭光晚餐，迅速傳八卦告訴B，B一定會說：「和陳憲仁？那沒事，他們只是好朋友。」「但是是燭光耶！」A強調。B一定會再說：「肯定是那家餐廳剛好停電。」此事概括性極廣大，我真的沒遇過第二個像陳憲仁這樣全然被信任的朋友。

必須承認，陳憲仁天生長相親和討喜，一如他微微的內八步伐，修潔的儀表，常掛在臉上的含蓄微笑，他內斂謙沖的個性特質，光看外表就知道。除此之外，他最強項的人氣因素在於，他永遠讓對方感受到被尊重的感覺。

不偏不倚、無過與不及，他總是能因客人之所宜，給予最得體而周到的對待，所以，該小酌的小酌、該豪飲的豪飲、該咖啡簡餐的咖啡簡餐、該氣氛的氣氛、該大衆的大衆，讓人感到這不是一場應酬，而是結交了一位朋友，事後證明，這個客人果然不但從此演講寫稿從不拒絕，每次路過臺中也一定要通知陳憲仁。

於是在藝文界，大家說他「沒有約不到稿的作家，也沒有請不到預定作家到場的飯局」，他還能請到別人找不到的作家。我以自己爲證，不記得對他說過沒，但我心中的確也存有只要是陳憲仁開口，我「使命必達」的念頭。他那場退休盛宴，你一定沒想過，臺中市可以在同一個時空，匯聚這樣一整個文學星空的熠熠巨星：

黃碧端來了、余光中夫婦來了、張曉風來了、古蒙仁來了、隱地來了、蔡文甫來了、亮軒、張曼娟、林黛嫚、丘秀芷、路寒袖……，全都迢迢的來了，臺中市長是他高中同學當然來了，中部藝文界朋友怎能不來？而幾乎在座每個人都和明道文藝之間有過動人、銘

刻、溫馨的生命交集的記憶故事。

你可以當這是一種本事，一種際遇，但眞正的原因還是得探回本源，有本源才能行之三十年，沛然不歇，並非夏日急雨注滿窪洞，太陽一曝曬就乾涸；無論對人或對事，他總是不著痕跡的，用心做了最充分準備；識才、惜才，喜歡與人相處，他十分懂人。

我曾問過他，一生中第一順位的重要事是什麼？他說：「做人。」

處處善緣廣結，每個人都信任他，更重要的是，他讓人倍感眞誠尊重。陳憲仁的做人，與我問他的第二個問題也一定有關聯吧，我問他一生可有什麼遺憾？他回答得毫無遲疑：「沒有。」

第三、第四問題於是像粽子那樣也併成一串，「你認為自己好命嗎？」「太好命了。」「你眞的沒有痛苦？」「我一下子就忘了。」

「能替我代課嗎？」「有課上我最喜歡了。」「掛名當雜誌社顧問可以嗎？」「顧問一點作用也沒，但你說的就算話。」……

他上輩子大概是得道的高僧，但這輩子，以朋友之名，姑且讓我扶搖再探陳憲仁的做人，這一重山幽谷豁，我認為才是陳憲仁最深層的「好」。

一本含哲理的勵志書，你可以不斷再翻頁

三毛是陳憲仁的好友，她死後這許多年，有不少人研究她而給了不適切或誤解性的陳述與評價，陳憲仁說，有機會的話，他很想開一門「三毛文學」，讓更多人知道眞相，並且給三毛作品正確的文學定位：「她的文章，並非一般人認為的浪漫、有趣而已，有些且

深具意義，比如《撒哈拉沙漠》裡一些史詩式的題材，關於原住民爭取獨立建國的可歌可泣的故事。」

情義不要空談，擁有這樣作風的人，通常就不會落井下石、不會炎涼勢利，絕不會背叛出賣朋友，熱鬧場合總有他的身影，清寂蕭涼之所，他也從不忽視。就像他提攜文學新手，從來不遺餘力，探訪老作家，同樣慇勤多至。十月初，他約了楊念慈老前輩夫婦吃飯。爲什麼事呢，我問。他說：「沒事，可以的話，我很喜歡去看看老作家，常覺自己心有餘力不足，眞恨不得能多有點時間。」

我很喜歡的千年前越地民歌這樣唱著友情：「君擔簦，我跨馬，他日相逢爲君下。」陳憲仁一定會這樣做。

編務繁多，他卻仍能獨自去到日月潭「哲園」，一個人、一杯咖啡，安靜閱讀，腳下，隔著透明窗玻璃，就是翠幽幽的湖水。有一次，他無意間知曉獅頭山上有一幢4C咖啡，他專程找了去，在一大片遊覽車，進香客熙來攘往的停車場旁邊，跨上幾個階梯，就看到那悠閒逸緻的咖啡廳，一杯咖啡、滿心靈無所事事，俯看窗外忙動浮沉的芸芸衆生，和紅塵正好隔開一段剛剛好的距離，而一溜眼，滿山桐花就撞進眼底、杯影。

一個月若有三十二天，他就工作三十二天，但心頭想的卻只兩個禮拜之內的事，在忙、靜、行、止、工作、情趣之間出入自如，陳憲仁是一本含哲理的勵志書，你可以不斷再翻頁。

我與他不常見，但相熟，我早就發現他襯衫西裝的正式穿著下，老愛繫著紅色領帶，襯衫西裝是端矜，紅色領帶是活潑，與他相熟的人，一定領教過他的幽默、孩子氣，這也許就是他那一次應邀演講，足以勝任愉快的原因：

是一場文藝營，進了門才知道對象全是小蟲般蠕動不停的小學生，後面還坐一排家長，散文鑑賞、創作都無法使招，編輯採訪也派不上用場，急中生智，他將文學觀念當場在腦中改成有獎搶答方式，與小學生們興高彩烈玩了兩堂課。下課後，家長七嘴八舌用映襯格稱誇：「陳老師，早上那堂課的老師怎麼都不會像你這樣上……」，這次，內斂、端莊、謙和的陳憲仁鐵定會像早上那位老師一樣慘；活潑、孩子氣的他才讓自己順利過了關。

陳憲仁收人心，一向是無遠弗屆，無人可免。

雲從龍，風從雨的世間遇合

陳憲仁的退休宴會名為：「一個中學教師的文學傳奇」。

我在進宴會廳時，前頭兩個年輕女孩正在對話：「我眞怕我會哭。」另一個回說：「上次請他那場，我已經哭過。」很快我就發現，她們就是宴會工作人員，陳憲仁的同事。

提起明道文藝或全國學生文學獎，陳憲仁必提三個人，張任飛、汪廣平、王鼎鈞。張任飛教他「要辦雜誌，就要辦別人沒辦過的雜誌。」這一句話深植陳憲仁腦海，而七〇年代的臺灣，就缺一份年輕人的專屬刊物，於是陳憲仁送上刊物企劃書給當時的汪廣平校長，汪校長一口允諾，大力支持，雜誌五週辦徵文比賽，汪廣平校長說：「要辦就辦全國學生徵文。」留意的人都知道，當今許多知名作家都由此初航啓程，明道文藝至今猶保留丁亞民建中時期的作品，全國學生文學獎第一屆大專散文首獎，得獎人是臺大中文，簡媜。

首刊發行後，校內曾出現一些反對的聲音，汪廣平校長告訴大家：「辦了雜誌，學校就起飛了。馬路邊有五層大樓，經過的人從此才看得到，校車到的地方，從此人家才看得到車身明道中學四個字；有了雜誌，學校就長了翅膀。」

當年拿著那本首刊，陳憲仁心中只想著：「仍有待改進的空間。」現在回頭看，首刊裡又是朱西甯作品又是王鼎鈞作品，眞是了不得。明道文藝出刊第二年就得金鼎獎，一路再得獎不斷，陳憲仁自己也不斷獲得文藝獎章。

汪校長膽識夠格局大，一語道破人文巨大柔緩絕不可替的力量，不僅如此，如今明道中學人文蔚然成風的現象，與明道文藝也必然相關。一個中學校園，因此來過多少年可望不可及的心儀人物：白先勇、余光中、席慕容、王文興、張曉風、高信疆、柏陽、鄭愁予……。一朝風流人物與春青年少，可以際接拓暈成你不可預期的無邊夢境。

雲從龍，風從雨，汪廣平老校長固然對陳憲仁多所提攜栽陪，陳憲仁自己的文學底蘊也同樣功力綻放，我想，世上最令人痛快的局面叫共創雙贏，他與汪老校長之間，最適合這樣的一句話吧——

世間最相得益彰的美好遇合。

而一個中學國文老師，如何與藝文界聯結而一點一滴建立起豐富的人脈資源？王鼎鈞扮演陳憲仁生命中的「貴人」角色。白色恐怖陰影猶存年代，王鼎鈞對他辦全國性雜誌多所指引叮嚀，並以自己廣闊的文壇人脈，爲陳憲仁奠定深穩的根基，所以當陳憲仁說這句話時，絕對比別人由衷：

「我遇到的都是好友。」

他正是「好」在那一片不刺眼的清亮

我和陳憲仁之間的友情簿錄，盡皆愉悅的扉頁，其中這兩樁，則最見我和他之間的情誼模式。

第一樁是我們曾應彰師大林明德老師的邀宴，與和成牌經理同桌，聽到新品類多功能抽油煙機問世，兩人立刻當場訂購，並享有特惠價兩次的優待，這事雖看出他心繫家庭的一面，與我不也顯現出手帕交姐妹淘的行徑？

又有一次我搭他的車去溪州看吳晟，回來時細雨紛飛，夜晚驅車在八卦山頭，他告訴我他極喜歡開這段明亮又一路彩繪的八卦山隧道，聽我說丈夫不放心我開車，他就娓娓告訴我「陳氏開車哲學」：開車有四層次，一平地、二山地、三晚上、四下雨，一層要比一層高明，然後他以漸進情況，做出層次的比較，先開平地，等會開山路，所有平地就都能開，……晚上開山路，勝過晚上開平地，下雨晚上又勝過下雨白天，……，有一天如果能在下雨的晚上開山路，那就什麼都能上手，道行從此圓滿。然後他別頭問我：「妳要不要試一次？」

我當然沒膽試，不過，我從此也喜歡明亮又一路彩繪的八卦山隧道，因爲喜歡他娓娓教導，細心分析一番道理的溫和與耐性，那是一位長兄的口吻。

在陳憲仁身上，做人和做事兩者彼此浸潤滲透，相互輝映，我還想用他的好友黃秋芳的一番話爲證。有一次黃秋芳寫了一篇小說給明道文藝，內容批判一位非常惡劣的校長，一向很欣賞黃秋芳文筆的陳憲仁親自打了一通電話給她，問她：「這是眞人眞事嗎？」黃秋芳說是，「是眞的，會傷人，那就不要刊發，因爲文字是永遠的。」第一次，陳憲仁退了黃秋芳的稿子。

很多世事落進陳憲仁心眼，他從不多說什麼，就全都勻融化爲他圓和溫暖的處世哲學。爲什麼提到他的人，眼眸中看不到摻有一絲絲駁雜或閃爍的只說他「好」？因爲，他正是「好」在那一片不刺眼的清亮；正向看世事，做人不帶一絲駁雜與閃爍。

他很喜歡自己散文集的書名：《**滿川風雨看潮生**》，說自己明道文藝三十餘年，看江山風雲，一代代人才輩出，不就是一種滿川風雨看潮生？我因是以此爲題。

12

大胡麻斑蝶慢慢飛

——兼記與山田守先生的蝶緣

大胡麻斑蝶是翅膀約十到十五公分的熱帶大型蝶，白色翅面，黑翅脈，翅緣白斑黑帶條紋，化蝶之前是華美有如黃金打造的蛹；前世如此輝煌華麗，掛枝，蛹破，化身簡單樸素的今生。

大胡麻斑蝶，爲什麼成爲石垣市的市蝶？

有人說因爲在日本只有沖繩縣有這款熱帶地方蝴蝶。

有人說這是石垣島最常見到的蝴蝶，不只山上，不分年月在街市都常見，它喜愛仙丹花一如肚子餓尋向餐館那般自然，而石垣島四處都種著橘紅聚蕊仙丹花。

山田守先生則說，最大可能是這是蝴蝶愛好者彼此之間對喜愛的普遍認可，官方於是就以此作爲選定的標準。

石垣ＢＡＮＡ公園北口聖紫花的橋旁有蝶園，以及一間縣營的「世界的昆蟲館」，館內最引人注目的展覽是絢麗的蝴蝶標本，整館大半以上的展覽提供者就是山田守先生。

山田守先生，大阪人，來石垣島十餘年，公司行員退休，目前是「世界的昆蟲館」的義工，日本蝶類學會、鱗翅學會、沖繩昆蟲同好會會員。他說自己從小就喜歡昆蟲尤其是蝴蝶，毫無因由純是天然本性，無論天涯海角上山下海，他總是甘願尋索蝴蝶美麗的芳蹤。蝴蝶是他生命中毫無抗拒能力的迷人魅影，九二一大地震之前，他曾專程來到臺灣埔里做過蝴蝶研究。

聽山田守先生說著大胡麻斑蝶，我心中想著人有人品，蝶有蝶性。

大胡麻斑蝶厭拒腐味的環境，只喜歡美麗的花叢。牠喜淨。

一般的生物會用保護色以求安全，大胡麻斑蝶體內有毒，蟲鳥都不敢吃食牠，一點都不必企圖隱身，牠去到哪兒都不怕注目。牠大方自在。

但牠的鱗粉無毒，親近觸碰牠都無害。不傷人，欺負牠得付出些代價。

牠因黑色蝶紋就像全身灑下黑胡麻而得名，但別號眞多且見仁見智，蝴蝶喜歡相互追趕逐鬧，大胡麻斑蝶從不，它們飛速緩慢，不時興瞎玩胡鬧，叫牠「平和蝶」倒也傳

化蝶之前是華美有如黃金打造的蛹；前世如此輝煌華麗，掛枝，蛹破，化身簡單樸素的今生。（熊谷隆　攝影）

神，說牠「大笨蝶」可能傷情了些，但石垣島上的稱呼最貼心，他們稱牠「南的島的貴婦人」。牠從容平和。

因全身雪白，牠還有個外號叫「新聞紙」，將報紙裁小摺疊，漫天灑下，就會像大胡麻蝶滿天飛。牠眞庶民。

生命期比其他蝴蝶長。牠並不嬌弱。

梁祝故事墳破幻化飛出的兩隻蝴蝶，一定是大胡麻斑蝶吧，不只雌雄大胡麻斑蝶的外型極近似，還因為只有牠們的大小、色澤、條紋、飛速才能匹配山伯英台獨鍾的純情與無染的芳華。

務實的山田守先生立即打破我的翩翩想像，強調人和蝴蝶有區別，不能拿來做聯結比較，他認爲倒不如說因由這份長久浸淫的興趣，同好常會向他請益，他因此結交許多不同行業的朋友，退休的人生活總是越走越窄，人際越來越稀淡，他因喜愛蝴蝶，生命反倒啓動出新的拓展。

「就像這次，我能認識你們，不也是因爲蝴蝶。」山田守先生這樣說。

JO、JO、JO、JO……，這上揚的音節像撲翅的明滅，又像花葉之間穿飛的款款，將一切顯得悠緩，看著仙丹花上慢慢飛的大胡麻斑蝶，大家都多了幾分童眞可愛，以及翩躚想像。

臨別前我告訴山田守先生：「你與蝴蝶說不出的有緣，也因蝴蝶處處結下好緣。」這次，浪漫與務實凝視含頷，山田守先生深深同意了我的話。

13

松田良孝

平日我像一隻糞金龜揹著超重背包駝著書，行走在居家附近咖啡廳及道路之間，二〇一三年夏天，我來到美麗的石垣島，要當一隻點水飛起的複眼薄翼大蜻蜓。只看風物，不問人文，不滔寶。

在八重山博物館看見櫥窗裡掛的古物〈八重山歷史年表〉，上頭的紀年竟用了和曆、西曆、與中國曆，我眼焦自動調迷濛，胡亂拍了張照片就往前走，又瞥見玻璃櫃裡有唐人墓介紹，還有觀音堂的漢字對聯，我看不懂日文也沒人爲我翻譯解說這理由輕鬆爲自己解了套，但心裡眞驚訝這館裡中文文物眞不少。

中國與日本的歷史已夠糾結，臺灣與日本更加複雜幽微，來前知道一些此地臺灣人的移民故事，但我想慢慢來，石垣島，我專程爲你纏綣逗留，絕不會只此一次，重要一些的人事放著讓我胃口良好再充分消化吧，第一次來此，我生活的色調就是微薄鹹味海洋藍，用自己風格內的輕盈明亮。

但是，他的一句話就釘死了我。

「你前世一定是臺灣人，」就在我面前，朋友笑著對他說。

「那我會感到榮幸。」他認眞回答。

松田良孝，日本埼玉縣大宮市人，《八重山每日新聞報》記者。聽聞有人要在石垣島蓋媽祖廟，他著手去採訪，就這樣攀牽一條絲線，觸接更多絲線，開始抽絲撥繭又結絲成網，起初是在報上發表連載文章，二〇〇四年文章集結出版；《八重山的臺灣人》，獲得第二十五屆沖繩時報出版文化獎。

這本書以臺灣人的口述內容爲主，引用資料論文，記錄從過去到現在石垣島等八重山地區的臺灣人足跡。他一個一個人物查訪，只做翔實記錄沒企圖建構出大歷史的功過是非，但讀他的書，篇頁掀翻起落，臺灣人樸實認命的臉孔閃示不斷，頁頁在對我們說，願爲生存不惜拚博，只是人的命運有時候眞的不在自己的掌控之中。

用歷史記憶與空間踏查雙向爲軸，立體輪轉，逐次清晰出一種隱微卻又深遠的意義，深入島嶼過往，瞭知八重山的台灣人，松田良孝完成的是一本從平民視角鋪展而去正正切入大歷史的書。

八重山是東臺灣海面一串島嶼，以石垣島爲主島，屬於日本沖繩縣，地理上與臺灣最接近，一八九五年到一九四五年，馬關條約到二戰終戰，臺灣人往來八重山只是本國移動，後來八重山國界線幾經轉換，臺灣人遂任人擺布，但這一段八重山臺灣移民的辛酸故事鮮爲人知。

初至石垣島上，臺灣人大都聚集在嵩田、名藏一帶開墾，他們倍嚐艱辛困苦，無非懷擁一個簡單的夢：刻苦努力於生計，冀望能過更好的生活。雖然八重山人始終歧視他們，彼此之間一直存在一種緊張關係，戰爭期間，關係尤見敏感拘束。

日本戰敗後，臺灣、朝鮮等日本殖民地「回復原狀」，自動取消日本國籍，回復中華民國國籍，但石垣島上的臺灣人並未從終戰帶來安心與解脫，他們以日本國民身分在此打下生活基礎，一夕之間竟被當做外國人。

「臺灣人滾回去！」耳邊開始聽到這樣的叫囂聲，他們全都還在認同問題上錯愕迷惘的時候，就已被迫放棄已開發的農地，迅速遷徙到嵩田最靠山貧瘠地區及荒涼的川道一帶，在布滿石礫的土地上重新開墾。

完全履行日本國民義務，卻要面對「外國人登錄簿」，喪失許多國民的基本權利，亦即貶損身而為人的基本價值，很多八重山的臺灣人心中都不解：「為什麼？」

對日本國籍的陸續爭取，一直到一九七二年之後，美國結束代管，沖繩回歸日本，大多數八重山的臺灣人才重新取得日本國籍，在這之前，他們還必須做一個選擇——放棄中華民國國籍，移民第二代沒有中華民國國籍可放棄，很長一段時間，他們是沒有國籍的人。兩難於家園與故國之間，但凡經歷過這樣的境遇的人，或深或淺都迴避不了這樣一個很煎熬、很根源性問題的思索——我到底是誰？

《八重山的臺灣人》清晰傳達八重山上一、二、三代臺灣移民不同自我認同過程中的選擇與變化。曾經是一場隱藏性的苦難，經由歲月與趨勢，這一切已有雲霧漸開的想望與祝福，松田良孝在書末寫下一九七四年來到石垣島的臺灣人曾根財基的話：「是日本人嗎？還是臺灣人？我想都不是吧，我就是人啊！」

書上附著一張由妻子洋子所拍攝，遊樂園裡曾根財基兒子偎著女兒抱著的照片；一幀經典的現世安穩，歲月不驚。無論哪一代，都希望給下一代最起碼的幸福，這是最該被體會諒解的選擇。曾根財基高中就開始投入和平運動，為長女取名「七海」，海，連結沖繩與臺灣，他希望長女成為「心胸開闊的人」。

我問松田良孝如何看待放棄自己祖國的人？

「我從不認為他們不是日本人。」他說。

在書中我記憶最深刻的一段，是他盛讚臺灣人在物資嚴重匱乏的墾荒時期，隨地能取得來自山川河海的食材，以及能安然躲過瘧疾侵擾，他用的是這樣文字：

既不是「八重山」，也不是「日本」，而是「臺灣」的飲食文化，讓他們能夠存活下去。

豈只飲食文化，我認爲他讚嘆無情變遷中被犧牲的臺灣人，如此忐忑，如此複雜，卻如此爲生存始終拚搏不畏的那股強韌精神，百分之百來自臺灣特質。

我彷彿能聽到松田良孝的心頻律動，他的文字平靜但有溫度，進入不同視野的人的內在，從他們的角度去理解人世。《八重山的臺灣人》可提供歷史認知的學習，更多的是對於人性的寬容與理解，執筆寫報導的人，盡量客觀持平是素養的當然要求，但你選的主題其實就暴露你的立場，悲憫的人道關懷就是記者松田良孝的立場。

「臺灣人來到石垣島，我最想帶他們去到公園北口『南的島展望台』，那兒可以鳥瞰到的一片平疇綠野，就是嵩田、名藏一代。一九三〇年代臺灣人的開墾聚落。有雲的天氣，雲影投在大地，游移變幻，風光十分美麗。」

《八重山的臺灣人》一線連結起沖繩、八重山與臺灣，如今松田良孝很欣喜臺灣及日本兩地已有更多學者投入此領域主題的研究。二〇一三年，他的《與那國臺灣往來記》，再得南山舍八重山文化獎，此書並且列入八重山中學鄉土教材。至於下一本書的寫作計畫，松田良孝說：「還是關於臺灣。」

他要寫八重山一帶的臺灣物產，比如水牛，比如已成石垣島農作指標的鳳梨，「西表島小學最近的課外教學是水田、牛軛的介紹，學生應該要知道水牛、鳳梨都是臺灣人引進石垣島，臺灣人對八重山農業貢獻重大。」他說：「與臺灣有關係的題材我都關注。」

在石垣島二十一天，我發現華僑會的活動總會有他手持相機的身影，離去那天，我在機場又與他相遇，八重山文化協會、華僑會要到臺灣員林表演傳統歌舞，他隨隊來臺。

習慣書寫的人最怕是動了心，開始寫下松田良孝四個字，我就知道蜻蜓黏在椅子上出門總會遲遲，CL在屋裡吹著海風等我，很快就又睡了一覺，每天都有我們要去的新行程，抽個空，我想再去一次博物館。

輯四

夏樹青青

「什麼是儀式？」小王子問。

「儀式……也是一種早已被人們遺忘的東西。」狐狸說：「儀式賦予某件事情特殊的意義，使某一個日子與其他日子不同，使某一個時刻與其他時刻不同。」

01 校牆向街的紅布條

布條不小，四公尺長，很搶眼的紅底白字掛在紅磚道上的粉白校牆。

那學生的名字也響亮，稀少姓單名，很武俠的俊颯逸爽，我用英文字母去套約莫是PH，比原名遜太多。

是賀喜從這所國中畢業的PH，三年後一〇二學年度的今天，考大學學測得了七十五滿級分的紅布條，最右阿拉伯數字75給了特大滿幅尺寸。

對過路人言，PH像五柳先生，不知何許人也，只知門前種了五棵青青柳樹；PH不知何身家背景，讀何高中，只知他大學學測滿級分。

第一次與紅布條照面，剛好一位高小模樣男童後背書包走在紅布條前，鼠灰運動衫褲，胸前斗大一隻機靈的MICKY，他邊走雙手邊比劃，口中喃喃自語，正朝75走去。特徵明顯眉眼很開，唐氏症小孩。

如果你是成者優者，無論時空線索多遙遠，都會有人尋索將你拉回用始終不會斷去專爲記憶你而錯綜攀穿沾著光亮之絲線。

如果你很平平或連平平都構不上，記憶之絲會單純得多，唐氏症小孩無論長到多大，被記憶的絲線可能只有一條，繫在媽媽心裡。

第二次我經過，雨中，景疏空，布條的紅依然抖擻，白依然矍鑠，75不滅不墜。

第三次，我從對街看見一位土黃衫衣出家人默然走過紅布條上的執著世間，多麼巧合的聯結，正好陰陽太極著生命的整體全部。這一個世間，世俗價值的追尋無可取換，甚且費盡心力折拗美好勉強造作以求，另一重挑高的觀照卻在叮嚀凡有爲法盡皆虛妄，人一生都在夢裡，夢醒成空，所有的美滿都是寒冬煨火屋裡偶一的溫暖而已，四野已風雪。七五滿級分與色相空無，哪一個是眞，哪一個是幻？

第四次、第五次都遇到放學時分，路邊大車小車家長接送、紅磚道上背書包男孩女孩站著走著、十字路口義工導護哨音、紅燈、綠燈、停、走，沒人多看紅布條一眼，關於紅布條ＰＨ與７５，在學校，老師想必第一時間就已說過；在家裡，爸媽恐怕早也在餐桌上提起過。

媽媽推著嬰兒車走過，公園運動的人走過，紅衣元極舞者走過，黑西裝白領業務走過，情侶走過，毛短裙少女說著手機走過，一群青少年機車占上紅磚道熄火人沒離開車座，紅布條前抽菸在等待。

ＰＨ一直在那兒，再來我就不太去留意誰剛好走過，及玩那有關經由構圖產生新意義解讀的遊戲，但有一次，我在對街看見自己正走過紅布條，還清楚聽到她心裡ＯＳ的聲音：啊！是這麼多年來只出這一個嗎？人家有的國中恐怕族繁不及備載。

有一天，我看見ＰＨ走過，他會闊步微笑或靦腆閃躲？他應該會是全臺灣最奮發向上的年輕人，只因勵志指標印記鐫刻無有退路，挫折只有微笑，分手不能痛哭，一隻四周都是沉沉海水的探深球？或者，他擁有一過不留的瀟灑一如他去聲收尾恍若武林少盟主的俐落名字？三十歲的ＰＨ走過還會記得這面牆，五十歲的ＰＨ走過怎麼看這面牆，至於現在，我只能說他在不在紅布條前拍照留念我沒意見，只要他不要比V又喊耶，因爲時光不會因爲美好而停留，誇張的是眞正的考驗往往就藏在看來一切都美好的下一步。

ＰＨ才十七歲，我不確定他懂不懂人生其實是從紅布條掛起這一刻才眞正開始，但我確定他在高中男校一定難免會被同儕這樣酸：「Ｐ、Ｈ，幹，你、很、火、紅、喔，紅布條掛校門口。」

假如我和ＰＨ擦肩相遇在紅布條前？我當老師太久實在很老師，我會指著那很大的「75」像站在講台伸長手猛敲黑板上的必考重點那樣告訴ＰＨ：「人生不會有滿極分，幸福，不會是數字。」

其實紅布條背襯的那棵大樹也很有型，再後面那棟建築物樓面還高掛一幅寫滿教育宗旨與學校辦學績優紀錄的大看板，無論如何，對校牆向街這紅布條的新鮮度雖已歸零，但我眞的用過情，如今我時時仍要經過紅步條前的十字路口往左走或往右走，我總是停步觀看或速速捷走，紅燈，不可行，綠燈，可行，閃燈，小心點，然後，安安全全的讓自己過了街。

02 畫話

我遇見楊中豪，在蔡啓海老師號召的「臺灣畫話協會」成立大會上。

我沒寫錯字，是用「畫」說「話」沒錯，這協會的圖騰就是英文P一筆連上一個厚唇印，設計說明寫著：身心障礙者說話表達比較困難，甚至無法說話與外界溝通，透過畫畫藝術能夠替身心障礙者說話。

我是主動去幫忙的志工，中豪是協會成員。

他比我的記憶矮小了一號，或者，我始終留存的是會使人產生壯大錯覺的風發意氣。

整整一大片時光貞空隔閡在我與他之間像毫不相屬的兩國各自興衰更迭，中間存在一個地理遺忘掉歷史寫不到的荒涼不毛地帶，他怎樣或我怎樣都對彼此不驚不動，一無消息也不必有任何記得，那空無一物只有綿延地平線和永恆明月的極荒地帶，叫二十年。

二十年前，蔡啓海任教於彰化和美仁愛實驗學校，楊中豪是他的腦性痲痺學生。聰明才智越高者，體會世情越敏銳，如果你身爲殘障者，那麼你的靈魂受創會越深。美工科設計課程給予對身體會晃，手會不自主抖動的腦性痲痺學生的是一次深似一次的挫折餒敗，蔡啓海老師發現楊中豪沮喪失意飽受情緒的困擾，於是調整教材教法，改理性的線條爲感性的色彩表現，讓楊中豪盡情發揮，引領他走向油畫創作爲主的平面繪圖，讓楊中豪以不精整的線條、厚重落筆、大色塊用彩，充分傳達現代藝術的個性主張。

平日，他總是扭曲五官用盡力氣吐辭，讓聽他說話的人忍不住乾著急，烏雲欺身壓到頭頂，陰霾悶鬱午後一場痛快淋漓盡洗一切的大雷雨，楊中豪用畫筆找到情感思想的大宣洩口，大筆大筆對世界發聲，發很嗆很衝的聲。一九九〇年春天，楊中豪在美國文化中心開個人畫展。

我專爲他這場個展寫文章。

那時，他一定想過就這樣一幅一幅的畫，一場一場的展吧，我記得他許多畫作中都常有繽紛中突有一抹陰沉孤冷，也常有灰頹逐漸臻至亮麗的用彩，他是在說情節吧，關於這場人生，當時他一定有不向命運低頭的氣魄，並且認定了人只要敢堅持就一定能夠。

想來那年春天，必然是他生命最繁花似錦的榮境。

我那時剛好有一篇稿子被中副退稿，我仔細再讀原作一字不改再次寄給原報社，這次附上一張紙條：「主編先生：請你仔細再讀一遍。」很快的，這篇稿子再次被退回，然後，我將楊中豪畫展稿寄去，打破發刊速度，不到一星期文章就見報，標頭大幅，連文帶圖，中副主編用行動告訴我：「好稿子我絕不會錯過。」主編是已過世的名詩人梅新先生，而那篇散文名爲：〈春天在美展〉。

以我的氣口來看，那年春天，或許也是我生命最欣欣向榮的境地吧。

寫〈春天在美展〉中途，爲了寫作細節我還去到楊中豪位於楊梅埔心眷村的家，矮房，簡單整潔的擺設，楊中豪專屬作畫擺畫的地方。楊爸爸的面貌我已記不眞切，通常我是用灰撲撲三個字集體化老榮民，楊爸爸應該也沒能例外，除了不知要如何招待貴客及訴說感謝的木訥侷促之外，我至今都還記得將承擔當天職的楊爸爸，眉宇神色深處，那一抹輕微稀淡抹不去的憂傷。很多年之後，我還曾在幾個人臉上察覺過這般神色；放不下，那是生命仍有力有未逮的牽掛。

「臺灣畫話協會」成立大會由組織動員力一流的佛光山臺中西屯分會襄贊人力與物資，蔡啓海老師於會中特地穿插一段對鼎力幫忙者的感謝時間，當我的名字被讀出，楊中豪於座中忘情站起不俐落的身對我發聲招呼……。二十年，天際線如此單一，明月長圓。生命版圖正式安排進公益這一塊，不必言說，我的人生已然風與月物依舊境已遷，他，當然也是。我其實認不出他，若不是場中的公開介紹，他能認出我嗎？

「爸媽還好嗎？」我的第一句話。

「爸爸—去—年去—世了，我和—媽媽—住。」

「你還畫嗎？」

「早—就—不畫了。弟弟在—大——陸，我—照—顧媽—媽。我——們—搬——家了。」

「那你現在……」。

「在—在超商——。」

「不再畫？」我看一眼他屈詰的手，就這隻手，曾畫出魯奧千斤之美一般的線條，學藍姆將人物拉長，揮灑野獸派的誇張抑揚，就這隻手，曾用畫表達他內心的諸多訴求。

「沒—時間，你知道——，像—像—我們這種人，老闆——有時不——」

我直接說：「我知道。」老闆不會等你慢慢做，也不會挑輕的給你搬，有時會在心裡嫌棄你，有時表情更直接。二十年前他對膚淺世間有許多意見，現在他不嗆不衝了。

他說得很費力，但這一句，我一點也不急著打斷他：「至—少—，我—可—以照—顧—媽媽，不—必—拖—累別人。」楊爸爸無可言告的憂傷可以放下，我在心裡這

他許多畫作中都常有繽紛中突有一抹陰沉孤冷，也常有灰頹逐漸臻至亮麗的用彩，他是在說情節吧，關於這場人生。（楊中豪繪）

樣想著。

但我點頭，只說：「人生就是這樣，沒什麼好說的。」再交代一句：「主動幫蔡老師與協會，我會在協會網站見到你吧。」他鄭重無比的也點點頭。

二十年前我爲他寫出：「楊中豪畫中有話，爲你敘述一個，你看不見的他。」但個人力量很容易一落失二十年；現在，他生活中只有粗礫現實沒有色彩與畫筆，但「臺灣畫話協會」一定會成爲他心靈安頓的居所，我總是在想，會不會有一場繽紛熱情的畫夢就在協會那兒棲息睡去，等楊中豪再來，那一天，突然願意俯身親吻，甦醒，共舞。

黃昏的光影拉得明而長，熱氣摻揉著稠黏的潮溼，春日的氣息歲歲又年年，記得那一篇文章我是用這樣的句子收合的：

你收到請柬了嗎？

春天在美展。

二十年後的今天，我要大聲清晰的說：

「你知道消息了嗎？臺灣有個『畫話協會』。沒錯字，P一筆連上一個厚唇印，透過畫畫藝術讓身心障礙者說話，他們需要過程與完成的尊榮感，他們需要一個與廣大社會之間的美麗平臺。」

03

再上一堂國文課

——給立志行醫的你

滿頭繁茂還垂垂墜墜的開了一樹新鮮亮黃的花，像一肚子想對人訴說的話，然後，然後就被時光輕輕打落，鋪成一地惹眼的細碎花瓣，不僅六月的阿伯勒是這樣，四月的桐花、二月的櫻花都這樣。

難免我也會想對誰說些什麼，就在水氣、溫度、光感交叉在時空的某個次元，彼此驚喜合體一如星芒閃睨那般細微的一瞬，但通常我還是愛溺縱自己在迴軌式的生活裡呼吸吐納，讓很多觸感稜梗的感思被時光輕輕打落。

我心目中最高貴的生命狀態就是獨立而蔭涼的大樹，無論挨身在鬱鬱森林或孑然於空曠野地，儘管世間情愛的浪流裡，我尚不能如願的朗闊瀟灑，至少師生情緣這一樁，我從未鬆動過我心中最自然生成的形式：老師與學生本就是一種不必沾黏的相遇與成全。你們不會沒聽過的，我說，落魄過不去了才回來找我。

你們的同學會裡最大族群是科技人，其次應就是醫生，醫生挹臺灣社會的價值標的於一身，「落魄」、「過不去」，於你們應該是很陌生的語言，尚爲發明的未造字，無論你們眞的是如此亦或只是學會的咬牙在死撐。

我於是最不常憶起你們，只是難免會聽說。

我聽說你們常常開請不到國文老師去的同學會，聽說你們有人在成大有人回北醫有人在北榮有人在臺大，聽說你們會下鄉去義診，聽說你們導師到彰基掛號，在彰基當醫生的你們必通告彼此，走出自己的診間，一起去迎接導師……。

世界這樣小，存在過就不能說沒有，如果不能避免的我仍要繼續聽說你們，那我一定得坦白承認，不同時空的這些聽說每每令我心有如微風拂柳，與我無涉的，干卿何事？但我就是會一船泊岸，月白江心。

好多好多年前，臺下有四十雙好奇頑黠的眼在等候，我穿越長廊正轉身含笑走上講臺，身後那一牆鬱綠突然狂漩成綠色的長渦，瞬間將時光拉近推深又攏攬邈遠……，相遇的第一節課一定是〈師說〉吧，風塵三俠的李靖，你們都說他很屌，我又是如何對超會玩格鬥遊戲及夾娃娃的你們解說「色紅樓空佛學」？二樓教室窗邊一到黃昏總有一樹吵個不停的茂密鳥鳴宛如一整棵會唱歌的樹，那時，你們尚年少而我的歲月正壯盛。

我曾在另一棟大樓隔著草坪穿越老榕樹遠看教室裡聽課的你們，仰著頭，聚神專注，酷夏的六月底，島內聯考的前幾天，你們仍願意回校一節一節認眞聽課，那時我瞬間的念頭至今未曾遺忘：擁有這樣的學生，老師無疑是十分幸福的。而當上醫生的那一群，套我最常用的一句話，你們總是最耐磨。

國文課裡教不到醫學，那你有帶杜甫、李白、虬髯客、史可法、南霽雲、魯迅、賴和在身邊在心田，在聽診器與病人的連線間，在你很煩累該不該再去多巡一次病房的選擇時嗎？咳，高中國文課內容其實也沒那麼巨大，那，你有抬起眼溫和正視眼前這個正受病痛之苦的世間人的眼睛嗎？你試著讀懂他的眼神嗎？

我的醫生朋友會以「不可能」三個字回答我這個問題：病患多後面還有五六十個在等候、病人說話拉雜毫無意義、保持中立的心勿受干擾、醫生也會累也有情緒、沒當醫生的人不會懂實際狀況、你們文人總是太理想化……。

實務經驗高於一切，我醫生朋友的每一個答案都成立，但我的答案也堅定的站立。

我看過雜誌報導過一位醫生，他每次看診前必定將聽診器的聽筒用手包護，因爲「他恐怕聽筒突觸到病患的皮膚會太冰冷，他預先握暖它」。有什麼是不可能的，我是指重視眼前這個正受病痛之苦的世間人，一心想使他減輕病與苦，甚至是小小的不適。

你說我偏執我也承認，世間有誰最重要最應該被看見？我的答案永遠是「受苦的人」。他在受痛，痛的人是他，你不能代他受痛，一定要讓他用他的方式說他的痛，而你要用眼神說你都聽到了，你正在想辦法……。

大約五年前，那個蟬噪悽惶的長夏，我和師丈迢迢去到石牌的北榮，聽說那兒有一位全臺第一的外科醫生。我一直沒能忘卻他認眞對我解說師丈病況的神情，在X光片之前，他邊說邊指點，每一句都愼重其事到小心翼翼的地步，只要他從我的眼神察覺一絲不全然通澈的理解，便不厭其煩換個解說方式再試一次，他花了一些時間，我終於聽懂了，在他使用了一個文學裡的譬喻之後：

「胃癌三期癌細胞已穿透胃壁，像蓮篷頭沐浴的方式灑在整個腹腔，開刀的時候我一定會盡全力將所有看見的預見的癌細胞清除，但是我不能告訴你，癌細胞已全部都消失了。」

癌症是多少人生命裡的不速之客，總是從驚惶面對的那一刻才開始必須強迫認知，是我的神情太慘淡吧，紅著眼低下頭的我聽到醫生在說：「就做妳該做的。」他甚且告訴我他母親病重時親友的指導意見沒因爲他是醫生而減少，不順他們的意，他還被冠上「捨不得爲母親花錢」的罪名。胃癌病患很多是內壓個性，醫生說，他並且說自己內向不擅交際吃了很多虧，很了解內壓型個性會有委屈，我猛然抬頭，對他提出一個不情之請：「能不能麻煩你到我先生的病房，將你剛剛告訴我的所有的話，親自對他說一遍。」

他看了錶，喃喃說了聲：「我十五分鐘後陽明大學有課。」然後迅速站起身走向房門：「那就快一點。」

那一天他上課當然會遲到，站在師丈的病榻旁，他將剛才已說過的話，話起從頭，一五一十鉅細靡遺的再說了一遍。

從我的角度，我看見醫生白袍的背影，師丈消瘦而顯得更大的一直望著醫生的眼。十樓窗外就是橫亙的觀音山。

人與人的對待，就是我堅持的理由。

陪伴師丈住院期間，每天七點多醫生會巡房，我常看見不同的病患催促家屬快收起躺椅整理物件，「醫生要來了」，那可眞是一天中最重大無比的事，當醫生走進病房，臥榻上病人便微笑，仰角迎視著醫生……。

所有被人仰角相看的角色都應該誠惶誠恐到匍匐前進循牆而走，只因別人全然的託付與仰賴。謙遜、內省、熱心、助人是一般人的內修美德，醫生不必隸屬於此只因必須超越於此，所以當你近距離正視一雙雙受苦的眼睛之後，你們才能眞正體會我的話，我說：你若做不到盡頭就算是辜負。

但我通常看到醫生急如迅風的來去，或和身後的年輕醫生用專業術語簡單交談旋即轉身，留下卑微不敢問、口訥來不及問、不知要怎麼問、擔心問了會不會太囉嗦的病患們和他們什麼都來不及整理好，但一定會放上「滿滿期盼」的眼神。

師丈生病這些年，我在醫院的時間很長，我的話語一如滿樹花茂，不因爲我是一位教過你們人文情懷的國文老師，而是因爲這些年我是親睹身受醫病關係的病人家屬。

我常戲稱如果北榮要遴選十大龜毛病人家屬，我絕對在列，可能還是前三，因爲我總想要知道關於疾病的所有細節，「你不懂，不需要知道太多」，我聽懂醫生無聲的語言，「但是，日子是我們在過，家中有人生重病，轟然崩塌的是一整個家庭的小宇宙，我得重新規劃我們的人生。」廢墟重建比初起建設更須具備巨大的力量，細節飽滿才能帶起感知的明晰，感知不混沌，決定的方式才會正確，那對內激發，對外撥亂的力量也才能沛然充盈。病人及家屬都有被詳細告知病況與參與醫療計畫的人權，你們也要聽懂對白色巨塔一向只知瞻仰以致以沉默爲本分的臺灣病人家庭的無聲語言。

即便從未對人說得明白，但你們是否逐漸感覺這領域已不是「醫術」、「醫德」分開上色協調統一的簡單二分所能涵蓋；雖然活命這問題一定要留個空間給所謂人不能與命與天爭，但對醫生而言，「醫術」是天職，是醫生的布帛叔粟吃飯穿衣，是宿命當然的既定，那麼，這兩個字還有任何提起的必要嗎？「醫德」實在很籠統，只要人群社會無不需要道德的認知與實踐，醫生和律師、老師、商人的職業道德會有衝突區別嗎？跳過仁心仁術這過氣的思維，我建議你們諦看一下自己的內心，像從前我教你們寫作那樣，我說，要眞心眞意的與自己的心靈連線。

你們的眼前一號一號病人推門走進再走出，你們的足跡一間一間病房踅入再踅出，是否總有一些病人、病患家屬、炎涼人性、醫療情節、生與死與生死之際的種種，讓你們一路穿越大步向前，卻在心頭始終餘味迴縈殘影猶存，你原以爲無傷無妨卻發現它們正是寬廣厚重你醫學生命的血管一般遍布全身的匯灌支流？

走出一場大手術的開刀房、日常的走在醫院的長廊、剛分享過等候出院病人的微笑、才走出痛失親人號啕大哭的哀傷病房……是不是總有那麼一個剎那，你們腦中電光石火閃過一個念頭：日日近距離照見的都是一樁樁在自己面前一無保留的可貴的生命，身而爲人，只因醫生這個角色，就被如此信賴的得以參與另一個人，甚且一整個家庭的一段生命史，我，何德，何能？

平日，率性自由的我一想到責任便感壓力罩頂，被全然信賴的責任總會令我想要逃之夭夭；你們日日被稱呼「醫生」，認眞想過「仁以爲己任不亦重乎，死而後已不亦遠乎」這句話嗎？擔重行遠這是聖哲的自我要求與實踐，你們從沒想過吧，醫生的高度原來是在這一個高點上。

記得高中國文課我給的常規是作文當日交，遲交一律零分計，天下老師對弟子無非是愛深責切，但這次，我不再虛張聲勢將話說遠說重，只提醒你們，不需仰角，要人與人的誠懇對視，因爲醫學是科學，但它的核心始終是人；而你終該明白爲什麼你若做不到盡頭就算是辜負。

我曾聽人說起她阿嬤的醫病故事。阿嬤已經癌症末期，但她是醫院裡最聽話配合的病人，後來無法治療了，主治醫生親自去告知，那一刻，醫生牽握病人枯瘦如材枝的手，然後跪在病床邊紅著眼說：「阿嬤，對不住，眞對不住，我沒辦法治好你的病。」跟隨在後的一群住院醫生、實習醫生先是愣了一會兒，隨即全部跟著跪在病床前。

在國文課，你們最愛聽故事，據說我是你們公認最會說故事的人，所以，我選擇阿嬤的故事當做收束的結尾。

一直聽說你們，其實在臺灣社會醫生的名字總是在人與人之間不斷複製與流傳，讚譽與詆毀一樣是那頭月光下現身的獨角怪獸，令人無法想像到不知該如何去操握，那麼，一言以蔽之的說吧，我希望你們的名字被人提起時，說話人的心情都能一如當日我在觀音山前凝視一位白袍背影般的虔敬感激。

原來我肚子裡竟有滿頭繁茂還垂垂墜墜開了一樹這樣多的話，在這樣多年之後你們不再年少而我的歲月已不再壯盛的時候，彷彿我又穿越長廊，走向等候的眼眸，在那黃昏時有樹鳴唱的教室，爲你們再上一堂國文課。

04

ANTEVASIN安特瓦信

——寫給十年中臺灣聯合文學獎及期勉青春寫手

不回頭

漂流了二二七天，理查．派克上岸後，頭也不回的走了，PI在沙灘上看著理察．派克，牠沒有回頭看。

中臺灣是魂魄，文學爲骨，酹過江月的血肉，十年，往前走出的該是生命大氣魄。

十年幻術

二〇〇四年，歲次甲申，生肖屬猴。美國勇氣號火星表面成功著陸、陳偉殷加入日本職棒中日龍隊、美國第四十任雷根總統去世、挪威公主英格麗．亞麗珊德拉出生、多起恐怖爆炸案、雅典奧運、俄羅斯民航機墜毀……，這世界變動著永恆不變；安安靜靜中臺灣，惠文、長億、大里三校的「中臺灣聯合文學獎」揭碑。

三校說定圓形迴轉，一年輪一校主辦，第一年，我們來到惠文高中，低聲說話、淺淺的笑、空氣中有種友善的拘謹，廖萬清、顏清郎、黃義虎三校校長都在座，圖書館主任蔡淇華一直在會場調當，他是文學獎的催生者，我看了一下評審，新詩蕭蕭，小說許建崑，我在散文組，年資最淺。

都說時光是一場魔幻，十年，幻術可以玩得很大，而文學擁有天然的魔魅能力，一與之邂逅便不會眞正失去，愛文學的人都簡單純眞，獨舞是天性，卻也不錯過生命中任一心動與邀約與攜手的悅樂，踴踏啊歌吟，迴旋的圓圈越舞越美，半徑及圓周漸次拉長宕擴，地平線不足爲界。二〇一三年，中臺灣聯合文學獎，涵蓋臺中、彰化、南投、雲林，四大縣市共十五高校，頒獎日，各校校車、遊覽車一部部向文學的聖海泅游如鯨，那騎鯨少年們，胸懷文學豪情壯志，萬里長風，鯨上一躍怕便要縱橫觸破玉殿瓊樓。

「怎不令人在這躁動的時代，充滿幸福感和希望。」這是文學永生不滅的力量，「在中臺灣的天空下，在五月的薰風裡，顏校長的溫度一直都在，黃校長的熱情何嘗稍歇！」已然是不待言銓的傳承精神，第八屆的主題「浸濡　點染　品題」勾勒出文采雅聲的深蘊，而不知是誰定下的規矩，以上一屆爲樣偶，一屆端嚴盛大過一屆，今年，第十屆，臺中二中國文科教學團隊以「中部十年文學樹　臺灣百代風騷葩」爲中臺灣聯合文學獎的十年有成，做了最鏗鏘漂亮的栓柱定調。

吳晟、蕭蕭、林明德、陳憲仁、周芬伶、劉克襄、陳幸蕙、張瑞芬、……風騷各領的文學人都曾於此駐足，每一番致詞評論都是錚錚一堂獨到的文學課，然後，風動雲起的五、六年級生評審也相繼到來：駱以軍、李崇建、李儀婷、李榮哲、方秋停、甘耀明、劉梓潔、張啓疆……，他們個個善說文學，讓文學是生活的興味，鮮活的語言和年輕學子默契天然。我，開始理所當然被推爲主席，「妳年資最深啊！」大家都說。

十年過去，我們還一直輪不到回惠文。

偌大的時光之神微笑垂眉，看著中臺灣文學獎，穩健跨步，往前走，不回頭。

告別與新生

ＰＩ是你，你與青春對峙，恐怖平衡。大鯨魚躍過頭頂、漂亮螢光的魚群、狂噬的暴風雨、死亡的陰影、臨身的恐懼、奇幻食人島，成千上萬隻狐……，大海一舟你與青春奮力共存，極端恐懼不安騷動並深化過生命，上了岸，沒有人能與青春離別或在別離時好好的道別，青春就頭也不回的走了。

青春必將離去不回頭，你留戀些什麼？

開始有人問你們在繼續創作？才情不羈的得獎者去到大學仍在書寫嗎？十年，文壇可有少年揚劍中臺灣者？

得獎不得獎酷烈的爭鋒，第一與第二互別的苗頭，你的格局只於此嗎？所有人都叮囑你爲文學爲作品熱血以祭，我卻說，孤注，一擲，離手反身，不論輸贏。

中臺灣文學獎不只標註你文學的啓程，笛鳴，雲破，你的生命壯思飛。

一場不凡的文學際遇合該帶給你可想之外的無限。

過去正在消解，未來尚未眞正成形，生命就是改變和不確定的連續動作，宗教給此一個神秘的名詞叫中陰——死亡與再生，擺盪在過去與未來兩個存在狀態的過渡時期。我在說，你每一篇青春紀實作品的完成，最後句點一按，生命的過渡，又一層的蛻變，你已有所不同。

年復一年細讀參賽作品，我的手指翻閱過萬千紙頁，際會著晤不晤識不識的青春容顏與你輕易不予人說的情與事，一如與光的影翼不斷閃身拂過，走在亮白的光陰甬道，十年，我每次都想駐足喚你，深靜告訴你，那就繾綣忘情的寫吧今生，或者你此後不再寫其實也無妨，但你要記得與作品與生命經歷與每一個存在就舊了的自己，告別，再新生，不回頭。

為青春，你在沙灘上寫字，一筆一劃，用力挖深，戀戀情深，浪來，刷——嘩——！潮退，沙灘平潤無痕，我喜歡看見你站起身，走遠，不回頭。

文學是一種信仰

信仰是去相信你看不見、摸不著、證明不了的東西。

十年，長得夠我不斷變換自我感受。我有時覺得中臺灣聯合文學獎簡單就是個成功的跨校文學獎。有時我覺得它會呼吸，一晃眼，它就伸縮長大；有時我覺得我以這文學獎在和時光拔河；有時我發現是這文學獎讓我擁有跨世代的交流密碼。

有時我覺得它像矩陣，有主軸及排列：各校初選、作家複決選、評審會議、頒獎典禮、每一可能的時空都留給作家與年輕學子對話、不吝給大把的得獎名額、每個主辦學校都在追求小超越。

而有時我看它，好似一場洗禮性的儀式。

儀式召喚狂熱者來、虔敬者來、好奇者來，追求新鮮感的人來，湊熱鬧的也來，大家牽起手，繞著熊熊火堆，隨著祭司聽道、行儀，天空鈷藍，黑的山黑的樹，豔紅的火舌繞捲扭吐，吟哦的低音頻微震空氣無邊歙和延漫。文學，就是一種美與善的信仰，滌淨與感動的過程，儀式會結束甚且可以抽去，是信仰本身會以不同形式深淺落在或不落在參與者的心中，中臺灣聯合文學獎是儀式又超越儀式，它以洗禮的神聖性告訴年輕學子——因由信文學，你更有可能去當生命勇敢的探索者。

我每次都想駐足喚你，深靜告訴你，那就繾綣忘情的寫吧今生，或者你此後不再寫其實也無妨，但你要記得與作品與生命經歷與每一個存在就舊了的自己，告別，再新生，不回頭。

住在邊境的人

是儀式又超越儀式，去寫作又超越寫作，生命有一種很好的狀態叫ANTEVASIN，梵語，安特瓦信，意指住在邊境的人。

靈修者不再過傳統的生活，但也不是超凡者，他們住在森林附近，看得見兩個世界，也看向未來。住在邊境、住在森林附近都是譬喻用法，這句話眞正的意思是：住在舊思維和新體悟之間，永遠處在學習狀態。

更奇妙的是，邊境會不斷移動，當你向自己的學習理解推進時，那未知的神秘森林始終在前方數呎之遙，你得保持移動、變化、靈活的狀態。

第十屆中臺灣聯合文學獎，你在座，就已陳舊，獎是，你是，永遠的安特瓦信。移動，不回頭。

無盡長遠

第八屆臺中曉明女中，第九屆雲林揚子高中，第十屆臺中二中，全場最專注勤作筆記的是臺中東山高中圖書館主任陳昱伶，第十一屆，那承接的棒子正朝她手中過渡。

十年，我看它華茂，它見我老去，我與中臺灣文學獎有今生盟約嗎？對自己，我一點都沒把握再有十年，但堅定不移著，因爲相信，因爲美善，因爲超越，因爲移動，這獎項終將在一次次告別與新生的更迭中，無盡長遠。

05

師徒

渾身動力滿格

當他告訴我民國一〇〇年底，想以學生創作的一百幅畫開畫展的時候，我聽聽而已。當時麻園頭溪兩畔的欒樹從紅轉褐，時序已近十一月，而他的學生，是腦麻、自閉、肌肉萎縮、智障的身心殘障族群，作畫的難度比一般人高太多。

有夢最美，我當然相信他的夢想一定能達成，但是夢要築，有時甚至要孵，都得需要時間醞釀。沒想到才剛過一〇〇年，我接到他的電話，掩不住的興奮從電話那頭一路燃燒過來：「一月十五日早上，我們要在大業藝能館舉行開幕茶會，請你來參加。」

我去了。嬌豔花彩團團簇簇，二〇一二年第一場忍不住的華麗春光噴濺潑灑。〈百年百幅花卉創作展〉，以「花」爲主題，三十位身心障礙畫者參展，大部分作品雖只有A4大小，但透過濃豔大色塊構圖、畫不直的抖動線條、逆筆向上的著色、小點隨機散落堆疊等等特質，觀畫人輕意就能體會創作者勉力克服身體上種種限制，藉由藝術形式噴薄而出的強悍生命力。

「臺灣畫話協會」當時還只見聲尙不見影，這場畫展的策展人是協會籌備主任委員，拄著小兒麻痺鐵枴，忙進忙出的他。

不到三個月，我輕渺的聽聽就好，他已經以超強的執行力，讓一場厚實的美夢燦然成眞。

五月底，「臺灣畫話協會」正式成立，畫展一場又一場，八月二十六日起連續一星期，臺中文化創意產業園區舉辦〈關懷生命、美化心靈〉系列活動——重度障礙、多重障礙者及志工老師藝術創作展，策展人「臺灣畫話協會」會長，還是他。

當他發現腦性麻痺學生，無法像肢障學生般，能穩定地一板一眼畫圖，他便立刻改教他們油畫，讓理性的線條轉爲感性的色彩呈現；當他發現腦性麻痺學生無法畫直線、矩形、圓形等幾何圖形，他便教他們電腦繪圖，讓電腦成爲腦性麻痺者另一支穩定的手臂；當他發現對重度腦性麻痺學生而言，一般滑鼠或搖桿的操作裝置無從派上用場，他便研發特殊設計的輔具；當他發現有學生重病到不能上課，他就透過網路遠距教學；當他離開校園，他便擔任志工四處教授繪畫，並成立協會有機能的鼓舞身心障礙者一起從事圓夢創作行動。

因應問題、迎接挑戰、創造可能，他，蔡啓海，彰化和美仁愛實驗學校退休的美術教師。渾身動力滿格的特殊教育工作者，他從不聚焦學生的障礙，他只看見學生的能力，他說：「一個也不能放棄！」

深度的生命交集

幾場協會畫展的開幕茶會，有「啄木鳥畫家」之稱的黃羿蓓都在現場，以頭杖繪圖，落筆流暢，神情自信篤定。她是蔡啓海多重障礙的學生，有高度的求知學習意願，但語言無法清晰表達，手與腳都無法拿筆作畫，情緒如地底熔漿找不到絲毫出口，苦悶抑鬱到曾經用輪椅去撞人。觀察到羿蓓的眼睛很專注，全身最穩定能控制的唯有頭頸，於是蔡啓海用塑膠管、魔鬼氈製作簡單的頭杖，請她試試看像啄木鳥尖嘴啄樹一般，以頭運作套在塑膠管的畫筆作畫，練習過程的辛苦，讓羿蓓好幾度哭泣，是老師的鼓勵，讓她一遍遍抹去眼淚，她不斷告訴自己要忍耐，五個月後，黃羿蓓完成第一幅風景作品，二〇一一年七月，她獲得「光之藝廊第二屆徵件比賽」創作組佳作。二〇一二年五月，羿蓓應邀到上海訪問，繪畫讓她走出心門、家門，以及國門。

如今的羿蓓常帶笑容，在公眾場合落落大方，從繪畫獲得極大的成就感，在她身上印證出生命的無限可能，也讓重度障礙孩子看見自己的附加價值。

每一場畫展，施宏達幾乎都隨著蔡啓海老師親臨現場。他的繪畫技巧一直在進步，連神情外貌都變得清朗開心。

他是個內心很多感受，但表達極困難的腦性痲痺者，仁愛學校畢業兩年，在家不是睡覺就是一整天毫無目標的對著電腦。起初他對繪畫毫無興趣，蔡老師用SKYPE鼓勵他走出家門，在SKYPE裡一步一步教他如何申請復康巴士來到愛心家園。

施宏達從此開始藝術創作，礙於手部的詰屈，他的第一幅畫只能是色塊塗滿式的構圖，一個多月後，他已能準確畫出小點對稱排列，他是個有想法的人，繪畫富有獨特性，「若跟人家一樣就不叫作創作。」蔡老師的這句話一直激勵著他。

他的手大幅度抖動，每一下筆都全神貫注用盡力氣像在對生命作孤注一擲的絕地大反撲，蔡啓海接著又說：「施宏達全身痙攣，緊繃僵硬，總是好不容易讓畫筆落下，但你可以看到一落筆，他的肌肉就逐漸在放鬆。」

施宏達目前正在將自己的生命歷程用文字記錄下來，並且希望能用電腦和畫畫結合做出更美麗的作品。「老師相信我以後畫的會更好。」這是他不疑不渝的信念。

「這樣不知道是個怎樣的人。」施宏達曾用這樣的句子形容自己，現在他則這樣說：

渾身動力滿格的特殊教育工作者，他從不聚焦學生的障礙，他只看見學生的能力，他說：「一個也不能放棄！」（楊中豪畫作〈師徒〉）

「若自己看自己沒用就糟了」。

楊中豪也回到協會，重拾擱停了二十年的畫筆，專心認眞的作畫，一個月可以畫出五幅好作品，他停格住電視新聞裡蔡啓海老師指導黃羿蓓作畫的畫面，拍成相片，用彩筆依樣畫下，這幅畫取名爲〈師徒〉。在我眼中，畫裡的羿蓓可以是中豪，中豪與羿蓓可以是下一個蔡啓海，這幅畫溫馨標註著他們師徒三人，生命之間彼此的映襯與互滲，那極其細微可感的動人因緣。

三十年長長的特教生涯，蔡啓海爲學生做過太多實質性的幫助，包括用各種方式提昇他們的內在精神和生活的品質，因爲他與身心障礙學生們不僅僅是近距離接觸，他們根本就是深度的生命交集。

一個年輕人身體受困窒礙，心智卻清明如常，離開高中校園後，每天在家睜開眼睛就看著天花板，生命一無出路，你，認爲該怎麼辦？當這個社會名嘴專家充斥，不實際的主張虛浮存在，工作團隊一組一組成立、開會、提計畫、報經費的時候，蔡啓海早已延伸在學校時土法鍊鋼的爲學生設計輔具的精神，進一步使用科技輔具新知與人性化教育理念鼓勵學生從事藝術創作，他不斷強調藝術治療的重要，繪圖比言語更容易表達，更容易取得成就感，障礙者藝術才能的呈現一定能帶起生命的健全發展，和靈魂的撫慰安頓。

協會帶起良性的發酵

二〇一一年夏天，蔡啓海從彰化和美仁愛學校退休，來到臺中愛心學園當志工，愛心學園特地提供場地讓他教畫。二樓左邊第一間教室，就是他每星期四下午的教畫空間，他主動提供畫筆、顏料、畫版、畫紙等作畫材料。

不久，每星期二，他去到潭子的田心香草花園，同樣從事對身心障礙者提供的藝術療癒，然後，又多了伊甸基金會的據點，最近，每星期一，在臺中文創園區的求是書院，也可以免費跟著他學畫，「據點多一些，可以讓行動不方便的人就近選擇。」蔡啓海這樣說。

二〇一二年八月這場〈關懷生命、美化心靈〉畫展，清楚看得出「臺灣畫話協會」一路茁壯的履跡，協會帶起家長的參與感與凝聚力，一次一次作品的呈現，也讓這些身心障礙孩子的能力眞正被肯定。

小孩到畫室，總是父母固定相送甚或相陪，有了作畫的共同話題，交集不至空洞僵化，加深了親子間彼此理解的程度，而協會更常常帶著學員全家一起參與社會活動，所以蔡啓海老師欣慰的說：「能不能創作出作品並不是第一考量，我在協會看到了溝通表達、經驗分享、互相學習的發酵力。」

辦活動的場合，蔡啓海老師拄著拐杖，不停忙動得有時臉色在發白，但我曾經在下課時分，不經意走過愛心家園二樓左邊第一間教室，看見蔡啓海拄著鐵拐獨自在空了的教室整理桌面、收洗畫筆，教室臨豐富公園那一面，有幾口窗，滿窗都是春天新青的樹綠，近的遠的深的淺的這綠與那綠之間，金亮亮的陽光滿滿泊碇，靜靜灑落。

夢再生夢

這一幅「劉偉傑，抖動的筆根本找不到重心」，這一幅「劉玿劼，肌肉萎縮，每一筆都需要人扶他的手放在畫紙上，一小筆一小筆完成」，這一幅「用手指畫的」……，「臺灣畫話協會」的畫展，每一幅畫背後都有一則故事，比你所能想像還要艱辛，還要難為，還要奮發的故事；關於無望與提昇用盡自我願力也不保證一定能逆轉勝卻仍在猛力扭轉，最眞實可感的生命故事。

等待果陀，果陀會來不會來？一條荒路，兩個一再等待的人……，管他的呢，懷有希望，至少可以讓生命當下充實。

「身心障礙者獨特的語言與符號在藝術上反而是特色，在這方面他們與別人可以平起平坐。當好幾幅畫放在一起，人們一定會驚豔的獨特不同的那幅畫，但一旦知道創作者是身心障礙者，不知爲什麼，價値就打折扣了。」不記得哪一個時空點，蔡啓海曾這樣告訴我。

如今，協會已開始稱職扮演起身心障礙者與社會之間良性溝通的平臺，但蔡啓海的「不知爲什麼」會消失嗎？一個人的能力是不足夠的，協會的力量會具體實質得多，但一個協會就夠了嗎？

何必說，社會比協會大，無形的價值觀更甚於一切有形，只是，在那一天來臨之前，我們該期盼，如果社會上多幾個蔡啓海老師就好了，或者，就從小小的一個人的有限去出力，去靠近與理解，就算是有和蔡啓海同一國了。

行動不方便，還要走辛苦的遠路，朋友們都說他用熱情在創造毅力，我則讓那個春日黃昏的偶然一瞥常放在心頭，他收洗畫具不快速但很熟練，就著那一窗漾著光的新綠，那一剎那，我看見了承擔。

生命這事兒很微妙的，一旦理解，對有些人而言，就無法選擇閃避。

二〇一二年還沒過完，動力滿到怕會破表的蔡啓海已經孵夢、築夢、圓夢，夢再生夢。

就著那一窗漾著光的新綠，那一剎那，我看見了承擔。

06

就像三月春天對待櫻花樹

櫻花樹下或樹上最適合做什麼事？

日本八代將軍吉宗是刻意在江戶城內栽種數千株吉野櫻，以培育庶民賞櫻花的習慣，而人們愛在櫻花樹下喝茶、散步、歌唱、靜坐，光影閃動在交錯的枝枒花葉間，風一來，漫天花瓣輕盈拂落在髮梢顏頰，讓那緋亮櫻紅或純潔櫻白照明每一顆渴美慕善的心。有作家這樣問：「如果爬到櫻花樹頂看世界，會有幸福的燃燒嗎？」

二月底開學期間，全台灣的老師們都在比賽忙碌，校務會議、學科會議、上課進度表、新版教室規則、備課、教學、批改作業、輔導學生……，這些工作雖爲例行事務，但永遠都有無法預測的新情節，因爲，誰沒年輕過啊，高中職校學生，他唬弄你還算尊重你，他眞正想瞞著你的事，就一定不會麻煩你知道。

南台灣有一所學校的老師，在這段既是規律又有變數的忙碌初開學期間，上了報章媒體；他們多做了一件事，集資爲付不出午餐費的學生解決了午餐問題。

報紙上還刊載了受訪教官的話，他說發現有個男生，一到午餐時間就閃到一邊去聽自己的ＭＰ３，後來問清楚了原來是「好聽的音樂，可以使人忘記饑餓。」他也發現校內有一對姐妹，每天，姐姐將吃了一半的便當匆匆帶去妹妹的班級，換給妹妹吃。

沒錢吃中飯的故事當然不只這兩樁，這所高職位於八八風災的災區。

有些事，即便你心存感謝，卻不一定會欣然接受，在爲了保持一個迷人姿勢可以不惜讓小腳抽筋，射籃的剎那，那一綹髮絲也一定得保持斜掠角度的自我形象高於一切的春青時分，「樂捐」、「濟助」這些字眼，實在是太具有摧毀性，有些事，眞的不是不懂，是不便。我說，誰沒年輕過啊！

這時候，校規班規全祭不出來，教官老師最好也別去個別約談，任何一個人的雞婆或熱心，都絕對會徹底搞砸這件事。

有個人主動站了出來。

年輕、帥氣、校園的風雲人物，他是這高校裡的樂隊指揮。

青春與青春之間有成年人讀不出的密碼，像牆上別人抓不出節奏，只他們能自在共舞的光與影。這個學生發揮同儕力量，整合組織需要這份營養午餐的學生，每天輪流由兩個人去抬便當，他自己負責分發便當，沒有人再拒絕。

刊發在報紙上的那幀照片，剛好是這帥哥正在分發便當，並非特寫，其實帥哥的長相並不清晰，是他與他背後一排亮燦燦盛開在春天的緋紅櫻花樹，一起站在南台灣藍得發亮的長空下。

小林一茶的俳歌寫著：「在盛開的櫻花樹下，沒有人是異鄉人。」

我的眼光被這畫面黏了好一會兒。如果我可以完成許多個你，那麼，捨我其誰？青春的書寫可以有很多種，這是很漂亮的一種。

腦海還另有帆影航過，我想起始終在希望與失望間擺盪，但只要你不拒絕，我必然願意付出的普世老師們的心聲，於是聶魯達的詩句也跳了出來：「我要／像三月春天對待櫻花樹般地對待你」。

這當然不是我們提供得起的世界，那就提供我們給得起的，在我與你之間。

櫻花樹下或樹上最適合做什麼事？

今年三月，南台灣一所高職，師生在校園聯手寫下櫻花樹下一段嶄新情節。

輯五

空間

小王子說：「沙漠之所以會美麗，就是因為在某個神秘的地方，藏著一口井，井裡面有清澈甘甜的水。」

01

日子越緩慢，記憶越長久

我深深喜愛庶民生活的實感，無論身在家鄉或異地。二〇一三年夏天，使用詞條與畫面，我呈現自己眼底、心領、膚觸、呼吸過的，暫短生活在石垣。

移動的方式、生活的節奏、時光安靜走過的速度，用的都是放學回家不飆速的自動車，哦，是的，就是腳踏車。

摩托車極少且突兀到你會想瞪它，在臺中我自己是摩托車一族。

人、自行車與汽車分道，車速慢，車子一定會禮讓行人，重要路口綠燈會伴隨長聲鳥鳴，市中心行人道多長，導盲磚就貼多長。

長壽國裡的長壽鄉。石垣島的圖騰就是滿臉皺紋開口大笑，總共只看見一顆牙齒的阿公阿嬤，那是中元祭典先祖面具Q版化的圖案。聽說隔壁竹富島比石垣還要多幾歲。停車場掛個牌子：「長者專用」，槌球場總有很多老人在使用，在這個島上，老人受到照顧是很顯而易見的事。

祭典很多。每場都有「庭之藝能」廣場上的露天表演，人們自然而然浸淫在歌唱舞蹈、大自然與藝術合一的氛圍裡，老者天天都有期待的熟悉的事可參加。每一場祭典都看得見不少文文笑著的老年人，名藏水壩祭那一次，臺上高中社團有板有眼跳著傳統農家舞，一位席地而坐的老者，從頭到尾笑瞇瞇的跟打節拍。

人少車少，街巷部落都安靜整潔，家家戶戶花木扶疏。

無鐵窗，治安良好。

烏鴉嘎嘎叫著，白雲特別懶慢蓬大，白蕾絲浪花每天在大海撥撩翻湧著裙襬。

實在沒辦法設定海水為哪一種藍，有時藍到忘記身世，有時綠到沒有明天，有時繪畫顏料石青頭級二級石綠二級三級中間揉雜夢幻青紫層次數也數不清。有一回我看海看海，看見《紅樓夢》裡，劉姥姥第一次進榮國府，鳳姐兒紫貂昭君套風光出現穿的那一襲石青刻絲灰鼠披風。

祭典很多。每場都有「庭之藝能」廣場上的露天表演，人們自然而然浸淫在歌唱舞踊、大自然與藝術合一的氛圍裡。

並未反現代文明，除了泡沫紅茶店，你想要的現代都會享有這裡都不缺，但這兒切實反污染，無工業、無煙囪、無摩天大樓，面積略大於大臺北，人口只有四萬多人。市立圖書館對面豎立了一九八四及二〇一一年「石垣市核廢絕平和都市宣言」石碑，對全世界具象宣示反戰反核，祈求代代安居、世界永世和平。石垣島是永久平和之島。

旅伴CL說這裡每一時每一刻，都像鏡頭對焦百分百纖毫不差的清晰，臺灣城市是程度不同的對焦不精準，上海及印度根本是鏡頭髒了。

我給了它一個關鍵詞：明淨。

不可能純粹仰仗自下而上的自發力量吧，除了天性讓這兒的子民深覺我們保有這樣會是對家園最好的喲，不會有錯的，便自自然然的這樣了，背後一定還有個足以讓人信賴的更龐巨的機能體約莫制衡著，讓企圖破壞這份均衡的每一個念頭，感到悻悻然沒趣味便還是沉寂吧。讓人信賴的前提當然要先有一個存在叫做值得信賴。自發與政策相得益彰，石垣島大概就是這樣的吧！

CL料理涼拌菜倒醬油微微小失手，輕呼：「啊，太多了！」隨即就笑著說：「沒關係吧，這是日本醬油。」

海帶芽十分好吃，一看見包裝背面寫的出產地是中國，呀了一下翻看封面，也立刻解圍：「監督審察的是日本自己啦！」我和CL在異國，老是愛看別人，老是愛比輸贏，結果是自己怎樣都威風不起來，長他人志氣的話說多了，偶爾我就用「釣魚臺是誰的」嚇彼此。

我們帶著熱騰騰的記憶來，二〇一三年才過了一半的，我們自己的島嶼，最高誠信一直垮臺，食品災難從夏天之前漫燒了一整個夏天，我們嫌惡我們讚美無非我們失去，我們眞懷念紛擾混亂未起之初，那人世間還是一筆緩緩在紙上畫一條直線的日子。在石垣島的日子，讓我們回到的是往昔的生活氛圍，緩慢的日常，拖帶的痕跡總是特別深刻，空景也多，但在記憶裡被拉得最長；花樹滿牆頭，日影明亮著，巷弄空無一人的夏日午後，我的六、七歲或者十歲，睏一覺醒來，母親還坐在一旁安靜做著第二件手工。

每天醒來躺在枕上看海賴床，當海平線已高過我的肩頭的時候，我已來到美麗南島十幾天，公設市場、超市、咖啡館、小公寓就是生活的固定場域，曬太陽、騎車與文字爲伍，還是固定在過日子的模式，只是換了個撒手就放開一片大海洋，天天吹海風的蔚藍場景，夏天黃昏日影長，我和CL就再去晃遊一下，偶爾搭公車搭船去遠一點的地方，八、九點天全暗了才回家煮晚餐。

讚嘆變得沒那麼生猛衝口，我們不再常說日本如何臺灣如何，是在心底一層一層刷上透明的不說的什麼，比如接受、熟悉、習慣、融入、自然，再這樣下去遲早會像愛情，年深月久了，熱情是消失不見的，但連沉默的背影都讀得出話語，就成了生活的一部分。我很了解爲什麼世上已有「沖繩病」、「八重山病」，凡到過這裡的人都想再來，不來就會渾身不對勁。

是一種不全然相同，很難具體說什麼，但常在一個剎那重回昔時相似的氣味，那氣味確定在自己生命裡消失無蹤了，追索的心便越發顯得敏感，平和、友善、乾淨、美麗都足以吸聚人的心，但我了然於心，日子越緩慢的，記憶越長久。

02

城市，我的熟悉我的每天

簡約直抒的方式

時間可以延長到多長，空間可以擴展到多大？時間與空間，豐子愷將這兩個主題當做生命本源性肅穆的兩個「？」，我沒有慧根探索剎那與永恆之間的微妙，更不想像他床、帳、屋、空地、山、海沒完沒了的窮究，他說：「我身處的空間的狀態都不明白，我不能安心做人；時間的狀態都不明白，我不能安心做人。」我則十分單純的想到，我一生所做的自我介紹，怎麼都用時間當線索，從未用過「我，苗栗臺中彰化再臺中」呢？

出生苗栗，八歲前住臺中，八歲到四十四歲之間除卻到臺北讀四年大學，都住在彰化，然後又來到臺中，臺中之後呢，與苗栗之前一樣，確定應該是「無窮」。時間與空間又合而爲一了。

我喜歡簡約直抒的去看自己居住的城。

如果要描繪一個城市，通常都借用物質指數、都市舒適度、居民幸福感等統計數值，但是我不在臺中思念臺中的時候，畫面好像總是忠明南、美村、南屯、大墩這幾條街，最熟悉的光影是從我家陽臺遠眺霧灰夜色下鑲光圈的綠樹國泰ONE高樓，很想吃的是街轉角那家的海鮮湯麵，世上最美的公園就是我家對街的崇倫公園；我看過冬日午後無人的公園，千姿百態的樹都閒閒定定，淡金陽光暖煦無語，那一棵鬱綠的大榕樹，樹底，等距圍著幾張，空的，帶扶手的深棕木椅。我天天生活在臺中，很輕飄的，我說不全臺中，所謂城市，只是我的熟悉、我的每天。

物質無虞才能擁有追尋精神富足願望的自由，羅馬詩人荷瑞斯就說他最後所希望的生活是有足夠的書籍與食物。

英國小說家葛林立《哈瓦那特派員》書中說：「對城裡的每個人而言，一個城市不過是幾條巷道、幾間房子和幾個人組合，沒有了這些，一個城市如同隕落。」

城市不隕落的理由

我在咖啡館上班和這份葛林立思維絕對相關。常常，一到下午，我就背著書與電腦，去到咖啡館讀書寫作。文字是我固定的工作，我的辦公室流動於整個城市。

我寫孫立人將軍那段時期，喜歡在向上路一段模範社區附近閒逛，找到一家看得到孫將軍故居的咖啡館，在二樓窗邊寫作。抬頭，就和孫宅聲氣相通，想休息一下，端起咖啡杯，偏一下頭，又看一眼那紅門內掩映在鬱綠樹邊的日式木屋。

空間美學再現的原理在於「類比」，超越三度空間視野到異次元無限時間長流，我繞走孫立人故居圍牆邊，想像名人的生活情境，咫尺就能走進歷史現場，從庭院盆栽憶起他手植的玫瑰花，從高出牆頭的籃球架，想起孫將軍的那場上海第五屆遠東區籃球賽，中國隊在世界大賽中第一次獲得籃球冠軍，那一年，一九二一。我總在牆外翹首企踵往屋內窺看，聽說故居內相關歷史空間及珍貴文物與史料都保存良好。

類比帶來實境的效果，人也開始玩起虛擬的遊戲，我假裝是那修水電的老闆，常在監視下的孫宅進出，和孫將軍成了朋友，後來去了美國，怎樣也要幫將軍去平反。

然後，我就再回咖啡館。身後，向上路一段十八號，它仍在。

時間走過，留下灰燼，成灰的是人、事，會老的是空間。

所以，那存義巷十二號就比較需要猛一點的想像了，因為它未成灰燼，卻又無法類比。

我蹲在臺中技術學院正門偏左一點，紅綠燈口前，靜靜看著對街的三民路三段一二〇巷，四〇年代的大同路存義巷。

甜美粉紅的和菓子少女店鋪，連外牆、騎樓柱子都漆髹著溫暖明亮的米黃，走進巷口，兩旁密集停靠的機車窄迫了空間，張掛的日式料理、咖哩、拉麵的招牌，令人恍一下神，以爲自己身在日本原宿的風味小巷。

我想過，當我很老的時候，我一定要天天搭計程車來到一中街，在摩肩接踵的人潮裡，沒事，專爲吸取春青年少的純陽活氣。這巷弄就是一中主街的小小鑲繡花邊，通常內行逛家都知道，豪俠出肆里，巷中多奇豔。

巷底右邊，存義巷十二號，六十年前，楊逵與葉陶的家——

流麗明亮的玻璃櫥窗，時尚鮮明的看板廣告，美髮、服飾、流行符號與都會節奏的一二〇巷三之一號。滄海可以成桑田，曾經何等的驚心動魄都可以一過不留，不變的只有日式木屋矮矮脊簷的高度。

它不在那。但透過許多聽到的故事與文字的記載，我看見它仍在，我以想像讓存義巷十二號依然能於心眼記憶裡栩栩再現，它於是永不消失。

晏平的二〇一〇年冬日，楊逵的兒子楊建親自帶我們來。那年，他九歲，跟著爸媽離開存義巷去逃亡，再回存義巷，家的溫度剛漫身，漆暗的夜裡，爸媽又就被抓走了。

我問日本料理店，你們知道對面曾住過一位著名的臺灣文學作家嗎？

年輕老闆迎向上門顧客的笑臉，微張口，漸凍成一臉茫然。服飾店的美女店員微微錯愕，微笑搖頭。

於是這段期間，你必定會看見我常在一中街附近出沒，切切物色一家可以落腳書寫，想休息一下就可以到楊逵葉陶家走走再回座的咖啡館。

存義巷十二號，空間與人的故事，那兒有一個城市不殞落的永恆理由。

我與我的文字想當一座城市的海馬迴，去發現並記憶不朽的空間與人所交集組構的永不被時間帶走的故事。

我在咖啡館上班

住家附近方圓五十公尺內，步行五分鐘可抵就有一家咖啡館，實在是生活中非常重要的一件小事。

隨時抽離與回歸之間，沒停車問題，沒時間壓力，近到不須外出服以應，厝邊隔壁到忘了帶錢包也不必回家拿，這樁事像魔法酒杯，杯小，很多的幸福怎麼倒都不會滿。

咖啡館換上只騎樓擺兩張圓桌的泡沫紅茶店也行，就是一個隨時提供安靜坐下的空間即可。

兩坪大的咩咩茶飲舖曾是我的魔法小酒杯，我有過幾次經驗，事繁時緊情緒壓縮到爆點邊緣，人是慌的、腦是空的，不顧一切速速去咩咩喝杯飲料，攤開資料，打開電腦，事情就逐步有序了起來，一小時後，我又準時回到家中煮中飯。咩咩最近關店，我的失落感深細到心靈無措生活失重的地步，那踢踢拖拖穿得像女街友，大剌剌坐在騎樓，檸檬綠、仙草拿鐵、奶油厚片，一本書、一段書寫的日子，我說，你能拿整個城的什麼和我換？幸好，最近家附近又出現一家洪一姐咖啡舖。

物質無虞才能擁有追尋精神富足願望的自由，羅馬詩人荷瑞斯就說他最後所希望的生活是有足夠的書籍與食物。我這種城市小資情調的精神富足方式，雖然只是坎井之蛙的小視野，但自由到隨時想跳舞，所以當我說珍惜感恩四個字，你千萬不要以爲是那種聽多了的八股，我有憂有慮卻過得很好，當然是因爲我一邊流浪在咖啡館紅茶店愛讀又愛寫，又一邊付得起檸檬綠四十、仙草拿鐵四十五、黃金曼特寧一五〇。

蘿拉咖啡是一個願意陪顧客到老的咖啡館，適宜熟女傾吐。大忠南五權西交口的星巴克，季節一到滿窗外層遞著秋紅的臺灣欒。美術館旁邊有一家咖啡店像年輕時尚的雅痞，客人各作各的自由舒怡，聚在一起的多半在討論事情，周五晚上有木吉他，周六有爵士。

美村路的活力咖啡館是經典，文心南六路的紐卡索咖啡店有尋夢的風格，五權西幾街的東海書苑咖啡館，架上滿滿的書以及很好聽的音樂，老闆學社會學，獨門發現臺北咖啡館的客人比較談討論性的話題，臺中的顧客多談生活瑣事。

用空間書寫記憶

你問我臺中？我說不完全，其實我和彰化比較熟。久不久、熟不熟是時間，幾條巷道、幾間房子是空間，時間空間可分述也可合流，我想兩者都不敵「與幾個人組合」這個條件。

我開始在臺中天天遊走，空間板塊於視野不斷挪移變換，我與我的文字想當一座城市的海馬迴，去發現並記憶不朽的空間與人所交集組構的永不被時間帶走的故事，不論國族大歷史或小個人生命史。

我在我的城走出普通日子人情故事，不時也在想，向上路走完換三民路，三民路之後再上東海花園，明台中學裡還有梁啓超與林獻堂的故事……。

03 留住

那本書先放你那兒我不急，最後一次見面他對心愛無緣的女孩這樣說，後來他的人生再沒和女孩起過任何雲影波心的偶然，但他不只一次說我的書還在她那兒沒還，和她就是從沒斷過線，髮白了、眼角垂了，也還眼底笑笑的說。

記憶都還不夠，得觸得、摸得、感覺得到、逆推得回去。只要你存心留住，很私己的方法就會出現，會拉遠沖淡或變化，消失了都還在。

來在石垣島，第一眼的驚訝是怎麼處處看見石敢當與風獅爺，石敢當是中式印象，通常在村落某個T字Y字街口，立一塊石頭，石上三個字：石敢當，凡邪魔惡煞到此「呀」一聲，煞車急轉彎別直衝進來，一石當關，衆妖莫敵。在石垣島，連石頭都不必，石的木的牆面牆腳隨處空出一塊小長方型區，上頭寫上「石敢當」，那就是了。

風獅爺擋風除魔，在此島隨處可見，有一隻獨力掣擘的，也有公獅母獅分立門邊，也有趴在屋頂的屋根獅子。風獅爺，對我而言，那叫金門閩南印象。出國去旅行，異地風情殊不同，此次雖然飛行只一小時，但石敢當、風獅爺，應該是出門之前我家的東西，怎麼我進到別人家裡卻還一直看得見。

很快我就明白，滄海成桑田，時光縱使帶來根本性的變化，但曾經的一定會留下痕跡。

八重山曾是琉球王國的屬蕃，琉球王國在十六世紀開始衰退，十七世紀起，因位於中日界點而臣屬於中日雙邊，分別吸收來自兩地不同的文化，日本明治維新成立新興現代國

屋根獅子在歲月裡不斷演化造型，如今Q版、V耶各種造型都出現。

家，假借宮古島漁船臺灣遭難（臺灣歷史稱牡丹社事件）爲藉口，透過遊說與武力威脅，逕自對琉求進行處分，強行單方向將琉求王國改爲沖繩縣，一八七九年沖繩全面進入大和世日本統治時期。在此之前，中國與琉球王國一直保持儀式化的政治關係——琉求對中國朝貢，中國對琉求冊封。

在十四世紀末，琉球王國便引進中國的官制、舊曆、干支、漢文、三味線等等文化制度與發明，另一方面明朝也開放福州做爲琉求人上京的門戶，許多中國南方的風俗藉此交流之便傳入琉求，影響庶民的生活，一直到現在，包括撿骨、灶神、石敢當，以及屋根避邪的獅子。屋根獅子在歲月裡不斷演化造型，如今Q版、V耶各種造型都出現，庶民們避災祈福，保我子孫永世安好的心願卻是永恆不變的，單隻、一對、屋頂、門邊，怎樣都要叫妖魔鬼怪掩面倉皇逃逸無蹤。

在這兒，還有另一件事，以自己的方式留下一些牽連，在必須一路向前不回頭的捨棄外相之下，留下隱微性的更重要的一層意義。

一八九五年馬關條約、一九四五年波茨坎宣言、一九七一年阿爾巴尼亞決議案，割讓、復原與託管、臺灣退出聯合國，這三個轉捩點促成八重山臺灣人大舉歸化日本籍，歷史只記載千秋大事並爲英雄立傳，從沒能爲小庶民留名發聲，而最能代表整個時代重量的其實是小庶民。

來到八重山墾荒的許多臺灣人，就陷在這些複雜的歷史背景與現實政治夾縫中迷惘錯愕，被時代嚴重擺弄，初起只是一國內的移動，因國界變動面臨國族與自我認同的轉換煎熬，最後選擇了歸化日本籍。

身邊的事比世界大事哪個重要？根植家園與身屬國族哪個優先？無論大事小事，對我而言都不如平安無事，人性最好不要透過這種嚴苛的方式來考驗，平凡人不都只希望保有最起碼的尊嚴、公平與安定，而拚了命都會維護子孫生存的權益不要被影響？二戰前後，這裡有一群從小或出生就受日本教育薰染浸潤的臺灣人，忽如其來面對「你是臺灣人，還是日本人？」的質問，唯一的國族準則對他們怎能夠成公平？

我讀這一段歷史，充分體會著不在歷史現場的人，對事件的認知難免稀薄片面，很容易陷在既定的思考體系去主觀評斷，而生命中的任何選擇都是細微而充滿過程，他人通常只能站在原因與結果兩頭粗略觀望。

像生命的翻頁從頭，一切是自己的決定，就此不回頭，可是入籍日本另取日本名字的

像生命的翻頁重頭，一切是自己的決定，就此不回頭。

時候，很多臺灣人還是在新名字留下最後也是最伊始的一線與自己根源的相繫。

姓「芳澤」，因爲已逝丈夫的名字裡有個「芳」字，姓「福本」，因爲父親的名字有個「福」，「張本」、「王田」的漢姓都可以呼之欲出，陳宏發簡省了「陳」的筆劃，變成東宏發，而「廣田」，是「黃」的筆劃加成，至於「曾根」這姓氏，既讓祖父「曾樹根」名字永留存，扎根新土地的期許也一併寄託在名字裡。

在日本姓名保留臺灣名字，這件事被賦予的意涵究竟有多深沉，除了當事人自己，似乎誰也無法多置喙，當然也有人選擇不和過去有任何牽連，或兄弟不選擇同姓氏，以示新的夠徹底，而誰又有資格多添一詞？

一個浪頭激越拍岸，雪白騰濺，嘩啦落下，退去；每朵浪花是大海也是它自己。

石垣島旅行第十天，我來到第一代臺灣移民聚集墾荒的嵩田、名藏一帶，典型的海島豔陽天，天空拭淨剔亮的碧藍，雲的墨黛色落影一塊塊，用感覺不到的速度游走在起伏的山巒與皺褶之間，二〇一二年「臺灣農業者入植顯頌碑」在名藏水壩新揭碑，八十年前引進鳳梨、水牛，以刻苦勤奮帶起石垣島農經發展及農業革命卻未被持平看待的辛酸往事嵌在記憶的風片，風起的季節隨人追尋，臺灣人對石垣島的貢獻終於獲得宣告式的肯定。

我站在顯頌碑邊靜靜俯看，從前待墾的石礫荒地、鳳梨園已成一片明麗的平疇綠野，讓視野無遮攔迢遞到遠方，置身歷史的現場，我沒有過多的心情，只看見時光漫漫悠悠，重沓不斷的走遠又靠近，夕光照，最遠處數不清的星芒爍爍跳閃推湧著流金一般的粼粼水光，那是大海，雍容開闊。

記憶都還不夠，得觸得、摸得、感覺得到、逆推得回去。消失了都還在。

04

現在的過去，時間的空間

1

有些人，年少就老著等，等大家都老了，他便不顯老。

和這種人單獨對話，沒兩句就岔出去說那會用藤條抽人的老師、夏日蟬嘶的音樂教室、抬便當經過的樓梯轉角，出乎自己預料之外的逸出了多餘的感性，好似容顏的不變，就比較多保留住奔逝杳遠早已不回頭的過往。

有些地方，在時光急快的流速裡，悠緩滯慢彷彿靜止，有一天，外頭失速的世界倉皇體悟徹底消失的地貌，無異失去身世的虛空，這時間冷凝靜止的地方，於是重被深視與玩味。

現在的過去，歷史的地理，時間的空間，國際的在地——鹿港。

曾經白帆輕驅海風，人皆輕衣馬肥，曾經像一枚漸次褪淡湮糊的拓印，曾經被時間遺忘卻依然高踞時間之上，在鹿港，觀光是必然，逛晃也適合，聽故事更接近了，或者，讓一位文史工作者相陪最不辜負。

班雅明說，文化工作者的挑戰是，拯救時間流逝中的歷史。

2

烏魚汛未到，海邊雲天淡清，九降風無蹤，秋陽的午後我來到久違的鹿港。

看，絕對自由，我的鹿港感覺從初識到現今一直很獨我，很時空不移，很自信，我看鹿港，用李昂的作品當背書。

以鬼的臨高看鹿港，後來，我在《看不見的鬼》看見李昂這般表達，眞有著上好凍頂烏龍入咽，緩緩氤氳體內，被認同理解的通徹與平靜。

鬼，才能千年百年穿飛過一代一代的歷史；鬼，才能不受敷上新漆的古蹟，過紅的磚牆，嶄新的石板路干擾；鬼，飄飛向上，俯看所有街屋內裡，層層的廳房、幽森深長的甬道、微光的天井，以及屋後重疊覆沓連海風都跌撞踉蹌的彎巷曲弄。他們在影影曳曳陰暗的角落悄然佇立，在夜雨的秋暝嚶嚶低泣，他們都知道哪兒有棲身的荒涼廢宅，哪裡是最適合倒掛的古老樑木……。

鬼的臨高視角才能一眼全覽鹿港建築結構的封閉繁複，感受鹿港禁錮閉鎖的原型；那譎魅鹿城。

狹長、疊複、封閉的空間就是傳統保守社會的具象化，碰撞著十六歲李昂敏銳早慧的青春心靈，那極欲掙脫沉重窒礙，裂解規則和秩序的渴望早已如幽微的鬼魅藏身在〈花季〉之中。〈婚禮〉中鹿港建築的封閉意象更直接，主角以荒謬英雄之姿尋找菜姑，辨認「一個上面爬著青藤的蓄水池」，然後，經過一道道推開的門，一個個陌生的廳堂、陰暗的屋，「再經過一條長長的走廊，又來到一個天井」，最後，他終於到達這樣的樓梯口等他拾級而上：

借著屋頂中央小小天窗灑下的微光，我才看清離我不遠處有一張沉舊的木頭樓梯，沒有扶手，只有幾塊厚重的木板不知要通到哪裡……。

李昂說過，〈花季〉和〈婚禮〉的故事基礎是眞實的，那時候她還不曾受到佛洛伊德、存在主義的影響，只是憑自己的觀點書寫，這個觀點若有時空性的話，就是因爲「我生活在鹿港，而鹿港本來就是一個很鬼魅的地方」。

這多層次的繁複的空間意象，影響著李昂日後演繹小說所呈現的打破線性的迷宮手法，以及小說人物曲折隱晦的心理意識，一直到現在，雖有新的建築物切割了彎曲繁複的巷弄，但鹿城巷弄的紋理脈絡都仍在，而行經每間鹿港傳統街屋，我還是習慣停駐，再深看一眼那長而深邃的內屋，想像那常在李昂作品出現，會在月光下散發幽藍微光的天井。

3

整座鹿城對我而言始終就是一座迷漫好聞檀香味的大廟，彰鹿路上比肩林立的佛具神桌店就已是一種預示，一轉進鹿港的中山路，古樸小鎮的主旋律便正式奏響。封閉的建築特色，封閉的傳統社會，神秘的宗教、民俗、鬼魂等異怪色彩便更加被彰顯。

中山路末的天后宮自有其豐富的傳奇故事，近中段的瑤林街演示著昔時的鹿港老街，但我一向最愛有古蹟、傳統工藝、百年老店的中山路路中近路頭：中山路，李昂筆下的五福路：

五里長的月牙形街道分為五個街廓，北段的順興、福興，近中段的和興，南段的泰興、長興。……便在這五個街廓之間，設有巨大高長的厚重木門，稱作「隘門」……，上有「不見天」屋頂密蓋，街廓間有「隘門」深鎖，入夜的「五福路」果真是固若金湯的保壘。

彼時，和興路街廓堪稱鹿城的黃金地段，全臺最繁華富貴之地，「不見天女鬼」月紅/月玄（璇），就是盤旋在位於這第一等風流富貴和興路段自家「盛昌行」的不見天屋頂上，坐在撐起屋頂「四點金柱」的柱頭旁。

李昂的家在和興路段街屋背後以窄巷相通的杉行街。六〇年代李昂在彰化市讀女子高中，放學搭彰化客運回鹿港，一進中山路頭不久就下車，夏日暮色蒼茫，冬日夜幕覆垂，她得獨自一人穿過意樓下窄仄陰暗的長巷走回杉行街，每回她都因害怕而跑過長巷，而連跑步聲，都足以再嚇到自己。據說長巷石板地都埋有裝無名屍骨的甕，巷子地底就是甕仔鬼盤旋的地方……。一直到離開鹿港很多年，李昂對故鄉總還有這樣的記憶：

每一條小巷，每一個街道的轉角，都有一隻鬼魂盤踞。

對看不見的世界，你要勉強去看，否則絕對看不到，日本漫畫家水木茂創建母親死去後出生自行爬出墳墓的鬼太郎以及豐富的妖怪世界，還需要一點用力，李昂好像連這點力都不必。語言是作家的一種內分泌，天然就具有的，遺傳、童年、生活環境、社會層面、

一直到現在，雖有新的建築物切割了彎曲繁複的巷弄，但鹿城巷弄的紋理脈絡都仍在。

教育，都決定語言的風格，只是可以透過後天的際遇獲得一些新質。李昂說：「但使我過去能寫作、現在能繼續下去的一個重要泉源，而這泉源更多半是緣由鹿港紛雜眾多的夢魘般的宗教，和其他邪巫神秘的部分」。

我行經二〇一二年修葺過的意樓，恍恍覺得那也是「盛昌行」的格扇窗，我看見一方羅帕／一枝團扇，與一名女子青稚的生命落下，在虛空招展飄飛，我沿巷漫步走向杉行街，循著白衣黑裙綠書包高校女生施淑端的回家路線，王爺廟、興安宮，拐個彎，一間製香的老舖，李昂的老家就在這兒，平房，沒人居住，屋內闃黑，亮著一盞紅色長明燈。

傳說、歷史、鬼魅滋養李昂寫作的無限想像，在她的筆下，多宮廟、神明、乩童、尪姨、鬼魂、靈異、怪誕。極度繁華後的靜止，和廢墟只有一線之隔，古舊空間衰老在時間的褶縫、背光的角隅，持續陰暗。

做為小說主題或故事空間場景之外，李昂常賦予鹿港更為多層的意象，她甚且讓它成為人與鬼並置的異質空間，飄飛鹿城的女鬼，在殘酷殺害後找尋自己的主體，認知開始清晰覺醒，以鹿港之名，李昂將鬼魂的概念從女性意識推展過程中交錯著鹿城歷史的變遷。

就這樣，我一路走過時光，與白衣黑裙的、成熟練達的、抗爭的、放下的、黑暗的、光明的李昂不斷擦身，感受得到，無論是哪一個李昂，鹿港都是她的ＤＮＡ。

4

套用李昂花季年齡寫下的一句話來說鹿港也很貼切，她說，過去了的，永遠不能追回，還未到的，也必不是能先行強有。

鹿港會怎樣?誰也不能卜知，是李昂的鹿城，讓鹿港永恆。

05

存義巷十二號

——臺中居民楊逵

楊逵的臺灣行腳，新化、彰化、臺南、高雄、臺中、綠島、再臺中；楊逵的臺中落點，梅枝町、存義巷、大同路、東海花園。

一九〇六至一九八五，八十載歲月，楊逵在臺中斷續五十餘年。那最堪用的青壯年至墾園耕讀的暮年，以及一生最重要的文學作品都在臺中完成；抗日運動家、新文化運動家、享譽國際的文學家，臺中，是風起雲湧年代，是楊逵許多銘感動人生命故事的主要場景。

原子街、中正路、白雪舞廳、後龍仔齋堂、樂舞臺……，他在臺中的每一處停駐，都是重要的歷史對話空間、文化地標，都是可走找親炙的文學教育空間。

這城市因由楊逵，還被側記了這溫情的一筆：

> 「臺中市居民不但文化水準高，且多富於人情味。這對於被迫害又無恆產的夫妻，正是很好的棲身處。他倆能夠捱過漫長的歲月，養育幾個子女，全臺雖廣，恐怕也只有臺中市才有可能，後日跟楊逵兄談起此事時，他也點頭肯定。……社會到處有溫暖，那是談何容易，要長久的溫暖更是難事，可是臺中人卻真正給他倆長期的溫暖，一直到他們能夠自立為止。」（王詩琅，《楊逵畫像》序〈好漢剖腹來相見〉）

光與陰影的小木屋

時光機鎖焦一九四六，定位臺中技術學院、中友百貨這一區，一按鈕，時間飛快捲帶前溯，空間急速向內推軌，時空渦漩不已極速剝離，霍地光幻收止，景物逐一淡入泛黃舊照片質地重新組構——戰後場域都市邊緣，荒地的一隅，一幢光與陰影的簡陋小木屋。

雖然楊逵的女兒楊素絹曾說：「有了天真爛漫的父親、熱情開朗的母親，什麼樣的日子都是趣味盎然。」但在此木屋，楊家子女的確度過一段難得的家常歲月。楊逵次子楊建曾以此爲背景，書寫出這段小木屋生活：

「……其後我們過了兩年尚稱『圓滿』的生活；只要父母都在身旁，對我們而言就已經是『圓滿』的了，我們不敢奢求精神生活真正的平靜無波，更不敢想望物質生活的充裕滿足。」（〈二二八之後的楊家人〉）

這兩年，時間，一九四七年九月到一九四九年四月，空間，大同路存義巷十二號。長子資崩、長女秀俄正就讀臺中二中，楊建剛考入臺中市一中，素絹、楊碧都還幼小等著長大，楊逵編報紙辦雜誌，積極投入臺灣社會的重建與文學活動，並租下住家附近臺中一中正對面，今豐仁冰後面，一塊二分多的地在種花，葉陶天天提著花籃上街去賣花。引東方朔〈嗟伯夷〉詩中「與其隨佞而得志，不若從孤竹於首陽」以明志的「首陽」農園，光復後就改名春臨大地，一陽復甦的「一陽」農園，昭示著腳踏的土地不再是異國統治的悲慘殖民地，是渴望許久得見天日的祖國的國土；雖然非常遺憾的是，臺灣社會外省人本省人之間已產生一道影響久遠，深深撕裂的傷口。

無論如何，此前此後，這兩年眞的很圓滿。夾處在二二八事件之後與〈和平宣言〉之前，被捕與被捕之間的短暫平靜。

就在存義巷小屋，楊逵被捕兩次，葉陶被捕三次。

帶著油印機和蠟紙的逃亡

楊逵活躍於光復後的臺灣文壇，所謂失望之深等同於希望之高，敏銳感受著糾結於當時臺灣社會的種種謬差，通貨膨脹、物價飛漲、知識份子失業，光復才一年，楊逵就寫下〈為此一年哭〉的文章：「死不死生無路，貪官污吏拉不盡，奸商倚勢欺良民，是非都顛倒，惡毒在橫行，這是個什麼世界呢？……但是回顧這一年間的無為作食，總要覺得慚愧，不覺得哭起來，哭民國不民主，哭言論、集會、結社的自由未得到保障，哭寶貴的一年白費了。」他的淚，是目擊感同而流的千年淚，從國風到樂府到杜甫到白居易，但身上擁有不絕能源的楊逵，總能夠立刻拭乾眼淚，在文章最後，他昂揚寫下自我砥礪備忘錄；而我們都知道，他一向是個不知「放棄」兩字怎麼寫的實踐者；他寫著：「從今天起天天是爭取民主日，今年是爭取民主年。」

「今年」，一九四六年；從今天起的「天天」，包括了一九四七年二月二十八日。

於楊逵匿名發表於一九四七年三月的一篇文章〈二·二七慘案眞因──臺灣省民之哀訴〉一文，看出楊逵對二二八事件的看法與立場，實根源於理念與行動的一以貫之：

「這次的起義並非突發的暴動，而是邇來的公憤的表現。這是多麼不幸，同時多麼光榮。不幸者是以血洗血，光榮者是以此肅清弊政。我們以為臺灣是我國的寶庫，是唯一的淨土，而懇求政府要好好地保持這珍貴的寶庫，要愛惜這一片的淨土。政府卻掩耳盜鈴，偏偏把寶庫弄得亂七八糟……。想了再想，便知道為保持我國的寶庫，除愛國的直接行動以外絕無辦法了。」

從事印傳單宣傳、組織民眾、寫文章〈從速組織下鄉工作隊〉等「直接行動」，三月九日，楊逵與葉陶遂帶著油印機和蠟紙開始逃亡，逃亡中仍不忘下鄉作宣傳，兩人身上背負懸賞獎金十萬元。二水、田中、社頭、鹿港之間流離，六月中，海岸線被全面封鎖，他們遂回到存義巷家中，半夜裡雙雙被捕入獄。楊素絹這樣寫道：

「那時實行家户連坐法，鄰長大小事都要向派出所報告，夜裡十二時許來了好幾位警察把爸爸媽媽帶走了。從此告別了雖然貧窮但歡笑歌聲不斷的我心目中快樂幸福的童年。」（〈童先生、「野菜宴」及其他〉）

先押在臺北軍法處，後送臺中干城二十一師營區，原內定要槍斃十七人，楊逵與葉陶都在名單內，五月，魏道明接任臺灣省主席，他主張安撫政策，二二八犯者非軍人改由司法審判，遂解救了楊逵與葉陶兩人的性命，十七人中，一人被槍斃。

在獄中，葉陶曾無畏即將到來的死期，於低迷無望的環境中，帶領大家一起高唱臺灣民謠，還就地教授社會主義思想。失望與死亡都是一種灰暗沉重的顏色，葉陶以歌聲與勇氣，讓哀傷衰敗中散放一束光亮安定的金芒。

一百多天牢獄生活結束，楊逵與葉陶再回到子女們守候著的存義巷小屋，過著「只要父母都在身旁，就已經是圓滿的生活」。

烏漆抹黑死蝶的那一天

一九四九年四月六日，楊逵寫了一篇〈和平宣言〉，於存義巷小屋，夫妻再遭逮捕入獄。

「那是星期三中午，我從學校回家吃中飯，忽然來了三四位穿卡其服的人，其中一位腰裡別著槍，其他人有的人看守著爸，有的搜查東西，本來要馬上把爸媽都帶走的。媽媽很冷靜的說：『請讓我炒碗飯給孩子吃。』說著升火炒飯，並叮嚀我說：『「妳乖乖的看家，不要亂跑，等哥哥姊姊回來啊！』」小妹七歲未上學，媽媽把飯遞給我，就以小女兒沒人照顧為由要求一起走。我奔到門口，看到爸媽妹妹被陌生人帶走，不由得放聲大哭。」（〈童先生、「野菜宴」及其他〉）

幼年楊素絹下午回到學校，繼續上午沒畫完的畫，抽噎著邊畫邊哭，畫紙上的一隻蝴蝶被鼻涕淚水弄得一塌糊塗，本來是「翩翩起舞的蝴蝶，變成被踩踏烏漆抹黑的死蝶了。」黃昏在家門口等待兄姊的她，心中承載直到今日自己都無法說清道盡的重量吧！「就見一個小女孩奔進奔出大聲號啕，沒人過問，沒人遞一句安慰的話。」

鍾理和的兒子鍾鐵民繼志述事從事文學創作，楊逵的兒子楊建堅決抗拒走上文學的路途，選擇與文學不相涉的工科，其間的差別在於，貧窮只是理想的參差對立；成為理想的絕對對立，甚且是摧毀性絕滅傷害的，是不安全的恐怖。楊建曾說，身為政治犯的子女，成長過程中常在暗夜裡，被突然闖進屋裡的高大身影驚嚇醒來，屋裡幢幢影動，他們吆喝暴斥，翻箱倒篋騷擾搜括再揚長而去，留下滿地狼籍，和小孩一生都不能抹滅的心靈陰影。時隔六十年了，楊建回憶中仍有細節：

「他們通常是三、四個人，穿著黑皮鞋，直接踏上榻榻米。」

到了五〇年代，葉陶曾加入臺中市婦女會，活躍於官方婦女活動，屢屢在婦女團體擔任要職，為人民服務當然是她一生不變的職志，但借用社會頭銜讓家人不必再身受恐懼，那一顆翼護寶愛兒女的母親的心意，當然更是絕對的因素。

善於抗爭也企望凝聚

一九四九年四月二十日，葉陶與小女兒楊碧被釋放回到家中，一九五〇年楊逵被判刑十二年，一九五一年移監綠島。一紙〈和平宣言〉，結束存義巷內短暫的寧靜生活，短短六〇〇餘字，讓國家供養十二年牢飯，締造史上最昂貴稿費記錄。

楊逵的〈送報伕〉在抗戰期間流傳到大陸，臺灣光復後，一些大陸軍官及知識份子來臺，只要到臺中，都會慕名探訪楊逵，彼此交好結誼。二二八事件之後，臺灣社會經常發生省籍衝突，一群不分省籍的文化界人士有感於此，於是組織臺中部文化聯誼會意以溝通對立，呼籲團結，彌補鴻溝，楊逵並且應邀起草一份〈和平宣言〉，寫完後他影印發給朋友。當時新生報副刊《橋》主編歌雷拿去報社，當時正好有一位上海大公報特派員來在新生報社，立刻在第一時間一九四九年一月二十一日刊發上海大公報。

當時共產黨已進入北京，南京政府新派任臺灣省主席的陳誠正路經上海，看見宣言內容大怒，他抵達臺灣開記者招待會，其中有一句話就說：「臺中有共產黨的第五縱隊。」楊逵說：「我見到這消息，心裡就有警覺，知道這是針對我而講」。

而〈和平宣言〉究竟寫了怎樣乖逆聳動不容於當局的內容，何至於是「為匪宣傳」？我看這份宣言，簡而言之就是關心大局，防止戰與亂，籲請盼望臺灣在國防上，防範被美國、日本託管；在政治上，還政於民，保障人民集會結社、思想信仰自由，釋放政治犯，停止政治性捕人；在經濟上，增加生產，合理分配，力求平等；在社會上，泯滅省籍隔閡，整體看來，就是以人民為主，創造大眾利益，使臺灣成為一個和平建設的示範國。

事實上一九四八年八月，楊逵創刊的《臺灣文學》，其中一首民謠〈黃虎旗〉，內容中的「著準備，著用意，美扶日，日再起，不好愛睏誤了時，就會合伊拼生死」已有他由衷的戒告，〈和平宣言〉裡的「防範託管」論，似乎是楊逵觀照時局的憂患，至於其餘內容，的確是時空座標下，當時政治環境的產物，若以現代民主論述來檢視回顧，則無一不是點點眼眼皆中節，楊逵眞是善於抗爭也善於團結，而從他哭過的那一年起，他果眞鐫刻於心並身體力行著：「從今天起天天是爭取民主日，今年是爭取民主年」。

四十六歲到五十六歲，楊逵最堪用的壯年，月夜裡孤單漂浪的綠島。透過椰子樹的長影，他綿長情思繫念的是，長長浪湧也觸摸不到的，有小女孩蹲在小巷口等候，茱青與泥香，光與陰影，希望與鍊鎖的小木屋。

〈和平宣言〉原文在楊逵被捕前藏在山上的一根竹子裡，從綠島回來後，那根竹子也找不到了。楊逵死後，他的墓誌銘鐫刻一九四九年上海大公報〈和平宣言〉全文。

存義巷裡楊家的小孩

在存義巷，葉陶比楊逵多被逮捕一次，同在一九四九年。八月的一個午後，楊逵在獄中，她臥病在床，楊建找來幫母親看病的醫生剛走，有個名叫許分的訪客來探視葉陶的病情，當時正休學在家的楊建，獨自坐在窗邊，看見有四個人匆忙走進巷口，警覺性極高的楊建立刻作出手勢，許分戴上帽子迅速從後門逃走。當時臺灣發生基隆中學光明報事件，有人犯禁不住刑求供出葉陶是光明報臺中負責人，這四個人正前來逮捕葉陶，後來缺乏證據，葉陶入獄四個月獲釋。

而許分是當時正四處被通緝的地下黨黨員，地下黨是共產黨在臺地下組織，一經被捕多被槍斃，如果許分在存義巷被捕，楊逵和葉陶勢必跳到黃河也洗不清，後果更是不堪設想。

許分後來出面自首，數十年後與楊建相遇，猶憶此事。

而一個眼色、一念判斷、一個手勢，幾條人命的存活，存義巷十二號窗邊，有個被困厄不安磨練出機警的少年，和他被迫提早涉世的獨特的故事。

不只楊建，小小楊碧隨爸媽入牢獄，也負責在爸媽與獄中同志之間跑腿傳話；連後來楊建的女兒楊翠，清晨上學揹上書包之外，都必得狼狽抱著一大堆阿公栽種的參差花枝搭公車先送去市場，在那抵死嚮往飄逸形象，渴慕夢幻與美的春青年少；楊資崩身爲楊逵的長子，他的承擔當然更多。

據楊逵口述〈二二八事件前後〉，提到葉陶第三次入獄期間，老大資崩十七歲，不只要做工扶養弟妹，每隔一、兩星期就要跑臺北一趟，給牢裡的父親送東西。當時很多人都找不到自己親人被關的下落，資崩卻有辦法找到楊逵被囚禁的地方，還幫別人找到親友囚處。

林莊生〈少年眼中的「陶姐」和她的兒子〉文中記下少年楊資崩印象：

「有一天一個和我差不多年紀的少年赤腳送兩盆花來，……眼睛圓圓，皮膚是黑的，跟陶姐的外表一模一樣。他看來非常害羞，幾乎恨不得把菊花放下就跑走。可是不懂兒童心理學的父親卻緊緊抓著他問東問西，使他很難為情而又走不得。父親每聽他一段說明後，就回頭看我說：『你看人家是怎樣怎樣……你是怎樣又怎樣。』父親的話可歸納如下：人家是會燒飯，經常幫父母的忙。自己讀書又管教弟妹。學校成績很好，在家很用功。」

當時有一部日本電影描述一位貧家少年「伍一」的奮鬥史，林莊生便自然的將楊資崩與伍一相疊印。林莊生這篇文章以另外一個「有一天」收尾，這個「有一天」，楊逵與葉陶雙雙被捕，有位張景源先生慌張來到林家報訊，並說了一句：「他的兒子去找基先（楊基先先生）……」，於是林莊生腦海出現「臺灣伍一」四個字，心想：「這下他又非燒飯不可了——這麼少年的他，雙肩是負荷著多麼重的擔子啊！」

楊家的生活於楊逵在綠島期間最困苦。一九四九年初，楊逵與臺電臺中分公司談妥，租用該公司大同路三十五號一塊土地，經營臺電的福利農場，春天才剛到來，楊家這一樁共創新家園的美麗期盼來不及抽芽就告凋萎。

離別存義巷，搬到茅草土屋大同路三十五號，生活的陰影罩下，休學、工作、多能鄙事與勤奮認命，楊家子女與母親一同胼手胝足共擔家計。

不同的生命際遇，必給人不同的成長質素，天眞的父親、開朗的母親，和他們一直向前、永不退縮、攜手奔向的理想新樂園，生爲楊逵與葉陶的子女，必然會有比別家小孩更早被啓引的知竅吧！楊翠說，身爲楊逵的後代，得承擔雙重壓力，從前是社會對他們的遺忘以及經濟的困頓，到現在，則是深怕自己努力得不夠，不能爲集抗日運動者、新文化運動者、國際級文學家於一身的先人，爭取到最適當的歷史定位。

在臺中，楊逵的活動場域，是走入常民生活的，一如在鬧區的存義巷，這實在是難逢的在地淵源。於是楊家後代，一直在尋找「楊逵文學紀念館」在臺中成立的契機。

通常內行逛家都知道，豪俠出肆里，巷中多奇豔。巷底右邊，存義巷十二號，六十年前，楊逵與葉陶的家。

存義巷底存情義

拉櫃裡的骨灰罈，存義巷十二號不可不說的故事。

日本警察是楊逵作品裡剝削壓榨不義的象徵，現實生活裡，他有一位生死之交叫入田春彥，臺中州巡查。

生死之交的定義是什麼？

一九三七年楊逵結束第二次日本行回到臺灣，中日戰爭爆發，時局嚴如風霜刀劍，他肺結核病情加重，又因賒欠米店二十圓，久催未還而被告上法院，在這陷入困局的時候，入田春彥登門造訪。

入田春彥三十歲不到，愛好文學，他曾在臺灣新聞發表文章，文末特別提及很想認識〈送報伕〉的作者楊逵。不久，臺灣新聞的學藝部員田中就帶著入田春彥來到楊家。

入田春彥與楊逵一見如故，得知楊逵境況，他慨贈楊逵一百圓，楊逵還了債務，用餘錢租下兩百坪土地，開始經營首陽農場，當亂世裡安安份份的農夫。

這段期間，入田春彥常在首陽農場走動，他們喝拚命酒、放膽討論文學，入田春彥待楊逵的子女如己出，他為楊資崩朗讀故事書，教他唱軍歌。

入田春彥是人道主義者，他常非議日本擴大侵略戰爭，寫文章揭露警界黑暗，並同情臺灣人民，與左翼傾向的楊逵往來，於是被日本當局認為思想左傾偏激而遭免職驅離回日本。入田悲憤失望，遂於一九三八年以自殺表達抗議。楊逵急忙趕到，親眼看著好友斷氣，入田的後事全由楊逵、葉陶處理，他在遺書中提到：

「能夠瞭解懷抱炸彈，欣然勇赴死地的一個士卒的心情的人，大概也能理解我的心情。」

入田希望骨灰灑在農場上，但楊逵、葉陶不捨，也希望將來能親手將骨灰交給入田的子女，於是入田的骨灰一直伴隨楊家，在存義巷時，被靜靜置放在櫥櫃裡。

後楊家居處幾度搬遷，又常遭夜半搜查，一九五〇年資崩夫婦遂以楊貴名義將入田的骨灰就安置在臺中寶覺禪寺，幾歷歲月楊家都沒停止尋找聯絡入田子女，終於在一九九九年，由入田的外甥女將入田的骨灰帶回故鄉。

入田與楊逵不僅結下超越國族階級的曠世友誼，入田自己也沒想過，他死後仍深遠影響著好友的以文學散發的效用。

中日戰爭爆發，日本當局全面禁止中文刊物，包括魯迅在內的一切新文學作品轉載完全停止，當時無論在臺灣或東京，《魯迅全集》都是禁書，入田春彥卻擁有一套七卷本改造社刊行的《大魯迅全集》，楊逵整理好友遺物，意外遂開始全面且系統的研讀魯迅作品，他說：「由於我被授權處理他的書籍，就有機會正式讀魯迅」。

再往前推溯，楊逵與魯迅作品的媒介應是賴和。一九二五年至一九三〇年之間，魯迅是作品出現《臺灣民報》頻率最高的作者，形成魯迅思想在臺傳播的第一次熱潮，當時，賴和擔任《臺灣民報》漢文欄編輯，楊逵與葉陶住在賴和醫院對面的巷子裡，經常出入賴和家，閱讀放在客廳桌上的雜誌報章，就在這段期間，楊逵開始接觸到魯迅的作品，獲得精神的認同與啓迪，並很自然的將賴和與魯迅的形象相疊合。

光復初期，中國新文學被大量介紹來臺，形成魯迅思想在臺傳播的第二次熱潮，受惠於入田春彥遺留的《大魯迅全集》，楊逵遂能將自己對魯迅精神的深度理解，致力於臺灣的文化重建。

楊逵爲《阿Q正傳》中日文對照本所寫的卷頭語〈魯迅先生〉，其中有幾句兼文學家與革命家於一身者的傳神描寫，戲謔又準確：

「平日固然忙於用手筆耕，有時更得忙於用腳逃命，或有卑怯之感，但是筆與鐵炮之戰鬥，作家與軍警之戰鬥，最終，大部分仍不得不採取逃命的游擊戰法。」

執著與追尋，不屈與抗爭，跑跑跑不停的往前跑，是魯迅、是賴和、是楊逵，而入田春彥將夢想交由好友去完成，並且冥冥中負責延伸起魯迅與楊逵之間。

入田春彥的心願與後事，楊逵挺身擔起，他的名字並因楊逵而將一代代被臺灣人閱讀且記起。

楊逵生命中兩次受助於入田春彥，次次都是新局開轉的契機。

這就是我定義的，存義巷底，永恆不滅的生死情義。

06

向上路一段十八號

有種風裡輕嘆的感覺

美國維吉尼亞軍校校史館中，並列了第二次世界大戰中的三位傑出校友——馬歇爾將軍、巴頓將軍，和中國的孫立人將軍。孫將軍生前所用的軍服、軍帽、馬靴、馬鞭、繳獲的日軍軍旗、畢業證書和畫像都會在校史館中永久展覽，但是，在臺灣的歷史教科書及許多國軍史料上，孫立人，是個被刪除的名字。

二〇〇八年歲末，我第一次驅車前往尋找向上路一段十八號，一片玻璃帷幕大樓、現代時新商店、各色小吃百貨的城市面相中，忽然瞥見不遠處一個突兀的落差：灰瓦、圍牆、木屋、平房、高大綠樹掩映、大紅鐵門……；流光歲月裡不滅的傳說，永恆卻並不璀璨華麗的既往；向上路一段十八號，孫立人將軍故居。

暮色裡徘徊孫立人將軍故居牆外，有種風裡輕嘆的感覺，圍牆不高，牆頭密布尖銳的玻璃碎片，大門太新紅，宛如一灘歷史的咳血，日式房子，綠樹深鬱掩映，屋側後有一座高出牆頭的籃球架。孫將軍極喜愛籃球，一九二〇年他任中華籃球隊隊長，一九二一年入選中國男籃代表隊，參加了在上海舉行的第五屆遠東區運動大會，身高一米八五的孫立人擔任球隊的主力後衛。那一年，他們獲得籃球冠軍，這是中國在世界大賽中第一次獲得的籃球冠軍。而屋右後方，那比籃球架高出好幾倍的高屋，是當年負責監管孫將軍行動的安全人員的宿舍。

很多事都過去了，但細踱漫步向上路一段十八號周遭，與歷史不斷迎面擦肩，風煙如

向上路一段18號，散置於常民生活的空間，伸手可及，舉踵即至，我希望它能成為人們心中最真實的記憶。

昨，心情上，竟很難全然跨越得過去。

冬日極短的殘陽下，與老屋隔著暮色與牆相望，不知究竟該問誰？我是說關於人一生命數，通常只能啞然抬頭，蒼茫問天的那些事。

江湖夜雨十年燈

二〇〇九年三月八日，自由時報一小角隅，有一則毫不起眼的附帶報導：「印度有三處我國軍墓園」，內容記載印度的蘭伽、雷多、佳蘭埔有三處國軍墓園，均爲二次大戰緬甸遠征軍新一軍將士葬身之處。軍方每年編列預算十八萬雇工清潔管理，年年春、秋二季祭祀。

天地祭血，野魂悠盪，殘酷殺　的戰亂中，戰士無名、無塚，遠征的新一軍，遺骨能安、忠靈享配，他們追隨的是孫立人將軍。

一九四五年一月，中印公路通車，《大公報》駐軍記者呂德潤要隨軍返回昆明，他到伊洛瓦底江邊的一所木屋向孫立人道別，並問孫立人是否有需要捎帶回來的物件。

沉思片刻，孫立人請呂德潤帶回的是冥鈔。他說：「並不是我迷信，只是我實在不知道如何表達，我對戰死在外國荒山密林中的那些忠魂的哀思。」兩人於是對坐無言，良久良久。

孫立人的部隊有條不成文的規矩：「仗打到哪裡，就把公墓修到哪裡。」抗戰勝利，孫將軍在廣州接受日軍第二十三軍投降，於白雲山下建造新一軍印緬抗日陣亡將士公墓。一如孫立人的承諾：「招魂隨旆，同返中原，永享春秋，長安窗夢。」一直到他晚年，將軍始終耿耿於懷的，仍是新一軍印緬陣亡將士公墓。

鐵漢骨血，儒者襟懷，這樣一位將部屬置放心中首位的將軍，那些年，驚駭的風暴狂飆襲捲，所到殘壞破碎、束手無力抵擋的時刻，他，心有多傷？哀有多深？

李鴻，無期徒刑，特赦，被囚二十五年。

孫立人麾下抗日名將，隨孫立人遠征印緬屢建奇功，英美盟軍譽爲「東方的蒙哥馬利」，死前託在美國的朋友代爲申請補發戰亂中遺失的美國頒贈勳章。未遂。

陳鳴人，無期徒刑，特赦，被囚二十五年。

孫立人麾下猛將，於孟拱河谷加邁之役，切斷敵後交通，斬獲敵人全部軍補品，使日軍第六十五師陷入絕境，震撼東京，英美盟軍稱他「攔路虎」。

鍾山，無期徒刑，特赦，放逐綠島，被囚二十一年。

馬來西亞華僑青年，英國留學生，孫立人將軍遠征緬甸前夕，趕回國投效請纓隨往。具英雄氣質，擔當搜索連連長，每役必從，每役必先，三十八師號藍鷹兵團，鍾山爲藍鷹兵團急先鋒。

王善從，有期徒刑十五年。

郭廷亮，死刑，特赦無期徒刑，被囚二十年，再放逐綠島。

……

一九五〇至一九五五年，李鵬將軍等人策反孫立人案、南部兵變兵諫案、郭廷亮匪諜案等所謂「孫立人案」連續發生，直接受到牽連的有三百多名青年軍官，間接受到株連的則難以計數。

無形巨大陰影籠罩的那些年，幽居的將軍，遂俯首躬腰忙碌於稚齡幼兒的成長，以及並不寬裕的家計。他很少提及往事，用平靜包覆眞正的內心，每到中元節，準備很多銀寶紙錢，一袋袋寫上過去跟隨他爲國家作戰陣亡將士的姓名。

「醉裡挑燈看劍，夢迴吹角連營」，失意英雄辛棄疾天生豪傑卻等不到爲世所用的時機，迷茫燈氣下，醉眼凝目審視昔日立下戰功的寶劍，劍與人都孤寂；那麼，漫長幽居歲月裡，孫將軍挑不挑燈看劍？副官監看在側，或者，他連那樣的時光都難擁有？

解嚴揮去臺灣半個天空的陰霾，一九八八年三月二十日，國防部長鄭爲元親到臺中孫家，宣布即日起孫立人「恢復一切行動、言論的自由」。

而將軍老矣，三十三年光陰側身走過。

恢復自由的孫將軍第一時間著手去做的事就是：恢復自己的清白與部屬的冤屈；央人前往湖南查看好友兼同袍，身死仰光的齊學啓將軍之墓；將保存了半世紀，仁安羌之役壯烈成仁的第三營營長張琦的勳章，交給張琦的家人。

平反後二年，孫將軍病重，有一天，拉住幼子天平的手臂，囈語一般說道：「他們是冤枉的，他們年輕，還有前途，我願承擔所有責任……」，因肺炎引發多重器官衰竭，孫將軍病逝臺中榮民總醫院。

沈克勤《孫立人傳》寫下將軍在世的最後一刻：

臺中榮總皮膚科醫師沈瑞隆檢查病房，走到孫將軍病床前，孫將軍抓住他的手，又情緒激動，發出喃喃囈語，連說數聲：「我是冤枉的！」隨即昏迷不醒。

後來沈瑞隆醫師表示，他對孫將軍的最後遺言：「難以忘懷」。

近萬人的公祭典禮上，將軍靈柩先覆蓋清華大學校旗，次覆蓋美國維吉尼亞軍校校旗，最上一層，由四位上將爲將軍覆蓋他一生至愛的，中華民國國旗。

吹安息號、鳴放葬槍，數百人齊向孫將軍行最後敬禮，孫將軍靈柩安放臺中東山墓園，靈柩只安放一半的深度，以便將來移葬那有一幀半銅鷹雕像展翅守衛的，廣州白雲機場邊「新一軍紀念公墓」。

「我是冤枉的！」還有那些與他出生入死，他一向最愛的部屬們，而一生，就這麼，結束了？

讀畢將軍生平傳記，一闔卷，白髮瘦弱垂垂老去、漫漫盛年無言幽禁、戰功彪炳威揚國際、最優秀的指揮官、義勇愛國的年輕軍官，不同的孫將軍不斷從我眼前走過，宛如一場手法倒敘史詩扉頁的悲傷電影，一幕幕迴逆漫溯，在今與昔之際，陡逆差突顯大荒謬，越無戲感時悲劇性越濃，越光榮時越是悲涼……。

啊，江湖夜雨十年燈。

將軍玫瑰

一九五六年六月，孫立人將軍解軍職，遷居臺中市向上路。

初到臺中的前三年，國家並未給孫將軍薪餉，將軍學做農事以貼補家用，他在院子裡養雞、養鳥、養豬來販賣，並種滿園的玫瑰花、蘭花。清晨早起，他剪下帶露的玫瑰花枝，交給妻子拿去市場賣花，玫瑰花是經他細心揣摩試驗長成的，花朵碩大、花色鮮麗，市場的主婦都很喜愛，聽說是孫立人將軍手栽的，大家就稱之爲「將軍玫瑰」。

越無戲感時悲劇性越濃，越光榮時越是悲涼。

辛勤終日，憤懣與痛苦或者可以折疊壓扁塞在生活的縫隙，不致太過突顯清晰。「他並沒有抱怨。」身邊人都這樣說，但當烈日下砍枝刈草忙於農事，變得又黑又瘦的時候，他不會憶起，沼澤蓁莽瘧蚊螞蝗的叢林歲月嗎？能不記起自攻下胡康河谷他就留起滿臉絡腮鬍，並豪氣干雲立下的那一句：「不下孟都不剃鬚」嗎？當他為清晨上學的子女整理衫領的時候，他想不想起，一九四三年印度藍溪的英皇「英帝國司令」授勳典禮，鮮豔的青天白日旗插在他的座車前，被晨風吹動鼓鼓飄揚，他穿著淺土黃呢質戎裝，咖啡色長統馬靴，唱名聲中起立，筆挺走向臺前，佩掛勳章的時候，勳綬輕而有感拂過他的衫領……，他生活中處處啓動今與昔的同質聯結，時光便忽地橫式跨越回到那片慷慨殺敵的叢林，而往事，便會在他腦中不設防電光閃現，再迅速瞬間寂滅嗎？

不說，就能不想嗎？

任是聳動的事在喧囂紅塵逐浪般潮湧潮落再一記沒頂的排空巨浪，便告沉息，更何況這是一場被刻意侵介惡意抹去的共同記憶，同住臺中這個城市，還有多少人能記憶抗日的、剿共的、保衛臺灣的、請辭解職的、含冤幽禁的、整樹種花的孫立人將軍？四季流轉，秋實委土春花落。

會有人願意聽我說藍鷹新一軍、奏捷仁安羌，說孫老總的臺灣建軍理想、練兵整訓，說他的好友徐觀復提醒他的「無謀人之心，而有謀人之跡者，必死。」說部屬和他之間許多感人的故事，說他的愚拙不擅言詞、說他的不懂因應環境、說他被幽居後讀《資治通鑑》才嘆息「讀得太遲了」，說有個叫潘德輝的，本受委派來監視他，卻反為這位落難將軍折服，終身為孫將軍的事奔走……？

你，願意聽嗎？

向上路一段十八號

將軍故居是日式木造屋，建築構造體具有建築史及殖民地史價值，而名人故居的價值更在於名人本身，孫將軍一生接軌中國近代史與國際史，是臺灣動盪年代的見證，也影響臺灣歷史的發展，「孫立人將軍紀念館」的籌備與設立，意義上是一種加乘的結合。

歷史是一面鏡子，故居也是，我在將軍幽居地與紀念館轉換之間，還看到臺灣民主驅向成熟自信，一個穩健跨步的縮影。

我於是想像，隨便那個凡常不驚的中臺灣好風好日，一群小學生正七嘴八舌跟著老師做校外教學：

「老師，我家也住向上路，和孫立人將軍同一條路耶！」

「好近。你可以常帶別人來啊！」

「老師，將軍要打仗嗎？」

「當然，他打過抗日戰爭、國共戰爭。」

「那他都有打贏嗎？」

「他是常勝將軍。還救過很多美國、英國的軍人。」

「老師，爲什麼他們家有大象腳做的椅子？」

「因爲他去到好遠的緬甸打仗，那兒有叢林，大象要搬運東西，大象不幸死了，他就帶象腳回來做紀念。後來他也帶了幾隻大象到臺灣。」

「老師，……」

……

向上路一段十八號，散置於常民生活的空間，伸手可及，舉踵即至，我希望它能成為人們心中最眞實的記憶。

這兒有一位國葬的將軍

二〇〇九年六月三日東森新聞大社會用專題報導孫立人案，幾十個字在螢幕邊緣不停跑馬：政府坦承假造匪諜案汚衊孫立人。

將軍九十嵩壽那一天，老戰友舒適存將軍的賀詞特別強調將軍的高壽、子女優秀，還有這麼多敬愛他的袍澤朋友，福氣已超過了郭子儀和乾隆皇帝：「這就是『天道好還，常予善人』的天理。」

這句話就是我不知究竟該問誰，通常只能啞然抬頭，蒼茫問天那些事的答案？三十三乘以三百，一日日朝晞初明，一月月曉星遙升。

我極愛黃昏來到此地，繞著屋牆打轉，想像一位國際知名戰將漫漫光陰迢遞裡的靜默起居，再釐一釐總愛自我繭縛的那些紅塵不痛快事，離去的時候，屋後長老教會的十字架剛好亮起，高高嵌在雲譎色瑰的灰紅暮空。

天道好還，常予善人？我比較喜歡這樣告訴別人：

這兒住過一個國葬的將軍。

你，要聽我說嗎？

輯六

渡口

小王子說：「那些星星真是漂亮，因為那上面有一朵人們看不見的花。」

01

我到過那裡

小莉，美國職業婦女，喬凡尼，義大利帥哥，他們互相學習對方的語言。有一次他們說起嘗試安慰悲苦之人所用的片語，《享受吧！一個人的旅行》書中這樣寫著：

小莉說英語會用：「我到過那裡。」（I' ve been there.），悲痛宛如一個特定點，時間地圖上的一個座標，當你站在悲傷之林，你無法想像自己走得出林子，去到更好的地方，但若有人告訴你，他們曾經站在相同的地方，而今已走向新的生活，這有時會帶來希望。

「所以，悲傷是一個地方？」喬凡尼問道。

「有時，人們在那兒居住多年。」小莉這樣回答。

喬凡尼說義大利人表示同情的時候說：「L' ho provato sulla mia pell.」，意思是：「我的皮膚領教過。」意味著我曾受過這樣的傷或留下這樣的疤，我完全清楚你內心的掙扎。

我呢？

只有一秒鐘只用一句話安慰悲苦的人，我會怎麼說？

我說：「你值得。因由你遭受過的疼痛與承擔，你配得到更好的人生。」

走過一條回頭看眞不知如何走得過的路程，你，當然會有不同；勇敢堅強有加值，生死了知會進階，內力深厚一些的尙且能透過這樣的機緣進化且淨化自性與今生，至少，親歷過失去，轉化過痛苦的你，一定較能進入別人的內在視野，去感受前所未有的體會，視野對你而言，不只是眺高望遠，也是往內深照。

走出悲傷之林，自有自己的時間，自有自己的方式，然後，你要賺收疼痛的利益。

那男子在整點重覆播放的電視新聞裡，一次次對著社會大眾懇請：「有誰撿到我的手機請還給我？」手機裡有他亡妻的照片及生前寫給他的簡訊，他眶紅眼溼哽咽著說：「經過妻子去世的事，我怎還會在乎一只手機？實在是因爲手機裡……。」

男子與手機，浪沫之末之一日新聞而已，旋即被捲沒吞噬在狂浪湧推的資訊汪洋，只有皮膚領教過的人才能聽得懂，且在記憶的扉頁輕輕標註，這男子眞正在說的是：

「有誰撿到我的今生，請還給我！」

縱的時間、橫的空間、立體次元多向度交錯成一個人的小宇宙，但推翻這一切，一個人的一生也可以簡單到出人意表，它只消是心中一個永恆的角落，置放一個和悌倩好的身影，就已然圓滿具足。

走過那裡的人才懂。

深沉而柔軟的情懷，最宜放諸此生此世，心靈的微光常與悲憫相照相鄰，是我認爲更好的人生。

02

愛是一

如果愛上你的笑，該如何收藏，如何擁有？

禮儀師楊會長回憶起告別式那一天的滂沱大雨，天地全白，雨聲嘩啦啦，學生們搭遊覽車來，每個人手裡拿著一朵花，魚貫走入禮堂，禮堂裡千百隻紙鶴旋飛，全都是他們摺的。

「黃金比例，完美線條。」他的自我介紹，總讓人笑到忘不了；笑聲一波又一波，快樂總是從體育課發酵；他在球場上的帥勁，非常令人著迷；能運動、擅樂器，有他的地方啥事都能搞定，他是公認的「全才」；四十歲，高堂俱在，妻子賢慧，一兒一女，家庭融洽美滿，眞是令人禁不住要微笑的世間幸福。

笑容是他的標誌，陽光般照亮四周，但這一天，凄迷的淫雨寒冬，學生們卻一齊來爲心目中不可取代的老師送行——他們最親愛的鵬旭老師。

告別式上，學生的祝福詞以「鵬爸旭媽」稱他，說冬天已經到了，但已沒有會怕他們著涼，帶著厚外套給他們溫暖的人。

鵬旭老師對學生的教育方式很簡單，就是愛，很純粹、豐沛的愛。

知道學生來自單親家庭，家境貧困，他急著幫助申請各項補助；聽到學生心情鬱悶在喝酒，他三更半夜去便利商店一一帶回；每天一大早出門到校，陀螺一般轉個不停處理學生的事，張羅學生的各種需要；學生沒錢買文具、繳學費，他就自掏腰包；學生高三拚統測，鵬旭老師自願留校陪學生夜讀；學生圖學學不好，他乾脆到班上旁聽，希望自己學會後可以輔助教學。

他對學生承諾「永遠的保固期」，給畢業班的留言則是：「就算你們畢業，仍有售後服務，直到我心臟停止的那一天。」

在病床上戴著呼吸器，每講一句話就喘個不停，他還在叮嚀已讀大學的學生照顧他剛畢業的學生們，他擔心他的新鮮人學生不能適應大學新環境。

將付出當做呼吸一樣自然，直到自己倒下，「免疫功能失調」，小小病毒，匿去陽光，讓一座山崩塌。校長這樣形容他：「現代墨翟」，無私的付出爲信念，鵬旭老師的教育方式眞的很簡單：愛是一，一即一切。

告別式隔天陽光普照，好似鵬旭老師在對學生們說：「快揮別傷痛，收藏他的笑容；然後記住了，他的愛，無期限。」

03

捨得

和禮儀師共享一頓下午茶，你會發現，他能給你千百樣態的人生。楊會長是我的禮儀師朋友，他剛飲啜第一口咖啡，就告訴我李韋媽媽——李淑茹的故事。

李韋媽媽奉養母親，獨力養育兒子，他們三代都是單親。在李韋媽媽很年輕的時候，曾結束一場戀情和男友分手，並且隱瞞了自己懷孕的消息，她知道這樣的決定會使前路更加艱辛，但她願意承擔，她確定自己會全心全意愛孩子。

楊會長到現在都還記得多年前一場志工的活動，那跟在媽媽身邊幫忙採柚子，靦腆可愛的小李韋。

然後，李韋長成十八歲青春年少。凡常的日子像一首並不動聽的單調的歌，但李韋媽媽眞愛這樣的日子，每天早上聽李韋說聲：「媽，我出門了。」到黃昏「媽，我回來了。」就能看到她的李韋。

可是三年前那一天，明明李韋如常出門，當媽媽再見到他的時候，是在醫院的加護病房。出了大車禍，李韋昏迷指數過高，醫生說：「腦死，即便活著也是植物人。」李韋媽媽的天崩塌下來，那重擊讓她站著無法承擔，跪在地上承擔。兒子的種種不斷啃囓她的心，身處痛苦無助的無邊漆黑，她突然記起兒子曾說起學校裡一場演講說到器官捐贈的意義，當時李韋還說：「我死後不要火葬變成灰，也不要土葬被蟲吃，要捐贈器官救人。」這句話像穿破烏雲的一道金光，讓李韋媽媽堅毅的仰起頭，承受周邊親友的質疑與責難，李韋媽媽完成孩子遺愛世間的心願。

三年多以來，李韋的心、肝、腎、眼角膜、皮膚、骨骼嘉惠四十餘人，救活六個人，在一次演講中，受贈李韋腎臟的婦人對她說：「洗腎時人生是黑白的，本來已放棄希望，準備搭機到中國買腎，但換上李韋的腎，讓人生變彩色。」

李韋媽媽一直是志工，這三年服務的對象增加了「器官捐贈家屬支持團體」，身邊不再有兒子跟隨的身影，但她並不寂寞，因爲在這麼多人身上，她都可以看得到自己的兒子，李韋彷彿已化身天空中的繁星，不知正在哪個角落發光發熱。

有捨有得，她說明白捨得的意義，是兒子給她最好的母親節禮物；而讓兒子的愛在世間開枝散葉，就是她對兒子最確定的全心全意。

04

藍屋頂

坐Fen的車往埔里馳去，她說起成研所學姊玟萱與男友澤銘一起構築咖啡民宿愛與離別的故事，「快看，那上面就是他們的藍屋頂！」車行不止，我聞言猛然回眸，來得及一瞥埔里鎮郊半山腰，鬱綠山色裡的一隅海藍。

借到玟萱的著作細讀。藍屋頂尚未竣工，澤銘就因胸腺癌去世，大家都勸玟萱釋放兩人的原本與最初，賦予藍屋頂新的建築意義吧！但玟萱絲毫不想將藍屋頂當成一棟新的建築，她讓它成為一種延續，完成藍屋頂是她守護他們愛情的方式。二〇〇八年民宿迎進第一批客人，它的全名是「藍屋頂——想念」民宿。

透過文字，我感受得到玟萱心思的細膩靈活，是個很擅長化重為輕抹帶世間所有艱辛，深恐驚動別人的女子吧！這樣的人，當確定的時候，就有著驚人的不移動，她的論文定題：「逆光回憶——失去摯愛者對信仰力量的反思」，而比論文要早出版的這本書，書名叫作：

《失去你的三月四日》。

澤銘生病九年，不入院作治療的時間，他一直從事原民偏鄉教育工作，最樂於奔波在原住民部落之間，提供他最精擅的自由軟體教學。仁愛國中同事說他溫和沉穩，再匆忙的人看見他，心裡就覺得安定；說他很怕麻煩人，卻總能看見別人良善的一面。澤銘和玟萱是靈魂的知己，藍屋頂的規劃與實踐，簡單只是因為「玟萱想要一間地中海風格的家」。

最後那一刻，在家人與玟萱的陪伴下，澤銘自己拔掉氧氣罩，安靜的離去。「天使走過人間」，玟萱這樣形容澤銘三十五歲的一生。

失去了動力，不斷堅強與不斷脆弱，笑與勇敢是眞實的，淚崩與孤單同樣也是，失去守護者的人，常會感到不知道該回去哪兒的虛茫，但走出來與沒走出來很重要嗎？是一直在走才重要；處理悲傷，我懂玟萱說的：「我會有我的時間。」

悲傷、思念、死別，一定有比外人看得見的更深邃的記憶面相與發生意義。失去，有時反使生命充滿力量，死之豐富性與生無異。

五年過去，玟萱在不在埔里一點都不重要，她會因愛而安好，「藍屋頂——想念」民宿仍在，那一星藍光與我回眸的睞彩碰撞輕爆那剎那，已一起落在無盡時空，迴旋流轉不已……。

05 強弱

禮儀師的世間因緣，常從有一天突然接到一通電話開始。

有一天，楊會長接到一通電話：「我們想知道——後事，可以麻煩你來一趟嗎？」是個男性，聲音特別樸訥、謙卑。楊會長去了。

那是個境況不好的家，物品零亂堆放著，屋內有兩個少不更事的女孩，是男主人推著輪椅親自來應門，他是身障人氏。主人引領楊會長入內室，臥室裡有他也是殘障的妻子，蜷曲躺在床上，身形弱得像小孩，一張輪椅倚在角落，女主人癌末，臥床已多時。那通電話是妻子央請先生撥打的。

那病重的妻子對楊會長說：「小孩小，還需要花錢，我不想造成家人的負擔，我要自己決定後事。」楊會長的喪禮形式顯然能符合她的需求，讓她感到非常安心。

沉默了一會兒，她對楊會長提出一個不情之請：「怕娘家兄弟會有意見，到時候會爲難他——」，她溫柔地看了丈夫一眼：「楊先生，請您一定要讓他們明白，這是我還有力氣時候清醒的決定，是我自己的決定。」

那妻子眼底沒有過多的情緒，只有堅定，如果她可以，她絕對會是大難來時，不顧一切張開手隻身護衛在家人前面的女子，她一定會是。

「每一個菩薩放心不下的永遠是家人。」身歷各式各樣無法回眸的辭別，楊會長感嘆的這樣說。

喪禮簡單而莊嚴，在禮儀師的充分溝通下，獲得那妻子娘家的理解與認同。

不到一年，楊會長又接到一通電話，是個男性，聲音特別樸訥、謙卑：「可以請你再來一趟嗎？」楊會長去了，一樣的地方，兩個少不更事的女兒，這次是病重的男主人平平和和的對楊會長說：「我不久於人世，我要安排自己的後事。」安頓好一切，兩個月後，他就往生了。

生命究竟該如何看待？勇敢的底蘊該有多深？面對這樣一場艱辛的人生，他們一無嗟嘆唏噓、遲疑軟弱，與深邃難解的死亡迎面，他們無畏無懼的凝目正視，在這一對殘障夫妻身上，生命還需要太複雜的哲學辯證理論破立嗎？他們將人們參不透的生滅輕輕拈起，一定是早早明白了靠別人的幫忙都是有限，生與死都得是自己，若仍有一點力氣留著去成全所愛就好，生命，越簡約越有力，越坦然越大氣。

他們是世間弱勢，卻勇敢無比。

06

爸爸到哪去了

星野千秋，內向的六歲女孩，突然經歷爸爸的意外過世，讓她產生極大的不安全感及被遺棄感，但她努力做一個「乖小孩」，好讓自己不要成爲突然喪夫而失去活動力的媽媽的包袱。

沒有人知道她始終困惑著爸爸的死，爸爸究竟到哪兒去了？他爲什麼突然不見了？他是不是「一個不小心掉進蓋子打開著的洞裡，消失無蹤」。後來，她隨媽媽搬到庭園有棵大白楊樹的公寓，並且進小學一年級。上學前，她的背包要檢查很多遍，怕課程表會突然改變，她將所有的教科書及筆記本全塞進背包，懷疑門有沒有鎖上，她可以從三個不同地點跑回家確認，「會有壞事發生」的念頭一直纏繞著她，她覺得這個世界四處都是蓋子打開的黑洞，一個大意就會讓人最寶愛的東西掉進去再回不來，而學校的朋友和老師都太明朗、太喧囂、太強韌，沒人知道她的恐懼與孤獨。

婆婆是白楊樹公寓的房東，她告訴千秋自己有個秘密任務就是當郵差，死後替人送信到那個世界，千秋被婆婆慫恿寫信給爸爸。「給爸爸，千秋敬上」，信封上這樣寫著，內容則從前三封的「老爸，你好嗎？我很好，再見！」變成生活周遭大小事情的分享與傾吐，寫信像是在寫日記，追趕日子似的，千秋每天全神貫注寫這份作業。

經由和婆婆的接觸，千秋與其他房客有了互動，與世界也有了連結，她常和爸爸寫信說話，感到爸爸離開，但並不是消失不見，她開始記憶爸爸，並確定爸爸一直暗中守護著她。

這段內在療癒的過程，千秋一點也沒放棄自己，更仰仗著他人的溫暖與幫助。婆婆知道內心碎裂失落的人，一定有很多話需要說，並且要託付出去，而小孩對所愛是如此的純情，他們的情感卻常因不會表達而被忽略，至於生命中的創傷有時真是來得無道理可講，死別，不會是消失棄離，是看不見卻依然存在。

白楊樹靜靜臨視這一切，冬天光禿禿的挺立寒冬，春天它開始長新綠的芽葉，夏天鬱綠茂密，秋天金黃滿樹，流離、堅強、勇敢、救贖，一如人生。

《白楊樹之秋》，日本作家湯本香樹實作品，僅僅兩百頁的小書，切面及層次皆多，寫死亡極貼近真實人生。

房東婆婆死了，穿著美麗的淡紫和服躺在棺木裡，被數百封信給圍住，她一定會幫大家將信帶往另一個世界。

07

粉紅

婉柔是個攝影師。

她的人和名字落差很大。素顏，布衫服，很眞實自然，拿起相機可以上山下海，九二一地震她就前往災區，她妹妹說她是藝術家兼行動家。

她最近剛獲得勵馨基金會臺灣女兒節攝影比賽評審特別獎，作品拍的是她的先生和大女兒怡然，爸爸穿大紅衣裳，怡然穿粉紅衣裳，並肩躺在鵝鑾鼻燈塔旁一大片如毯的綠茵上，兩人都伸長一隻手，食指指向天空。

照片名叫〈想念天堂〉，作品說明是：

在國境之南，怡然姊姊和爸爸躺在草地上，跟天上的怡宸妹妹說，很想妳！永遠愛妳！

怡宸妹妹，婉柔的小女兒，染色體異常的罕見疾病愛德華症。怡宸唇顎裂，心臟功能受損導致生長遲緩。百分之五十的愛德華氏症寶寶在出生前死亡，即使出生也很難活到一歲。

婉柔躬親照顧女兒，搖身一變，成爲三年多不出家門的宅女。

長期照顧的壓力讓她累到想哭，她曾跟朋友說屎拉到一半，聽到怡宸在吐，眞不知該拉完還是縮回去？「這不是開玩笑，是實情。」

怡宸妹妹三歲四個月離開人世。

婉柔用她今生最熟悉的姿勢襁褓著女兒到火葬場，禮儀師鄭弟兄從車上拿下一具粉紅色小棺木。

粉紅緞面完整包覆一百公分長的小棺，周沿圈著百摺花邊，左右下角，各綴有兩朵蝴蝶結。鄭弟兄平和的說：「我女兒之前也用同一款。」他女兒十七歲，死於紅斑性狼瘡。

婉柔說，她心中好大的空塊，只覺剎那間全被補足，因爲她的悲傷，眼前這個人曾眞實經歷過，她與這位禮儀師在宇宙這微妙時空點上的偶然逢遇，竟好似早有預定安排。

怡宸植葬在大坑，婉柔常去，在女兒落土處擺花朵愛心、種香蜂草。她又開始四處旅行，手中相機　嚓個不停，用照片和影片紀錄生活裡的點點滴滴。

從前她曾想過如果怡宸能開口，她說的第一句話會不會是：「媽媽我愛妳，妳辛苦了！」怡宸離開後，她反而沒多想什麼，只是，想念，常從生活的罅隙隨時溜出來。生命中有了這失去名字只當「母親」的三年四個月，婉柔深刻體會，價值完全不必來自外在事物的賦予，它在於你曾經如何因應生命而產生的自信。

至於百摺花邊粉紅緞，多麼適合溫柔呵護世間所有早夭的可愛女孩啊！對怡宸竭盡心力的愛，在最後這一刻，被圓滿的體貼著，婉柔說：「人生眞的需要這樣的剎那。」

08

介面

年少和不喜歡的人近身到手臂略略膚觸，便鬱悶到內爆，直覺著寧願立刻去死。想來，情感因飛花輕揚才適宜潑濺渲染，死亡因非常迢遙而易被空忽簡化。

和死亡併肩的滋味究竟是什麼？

朋友相偕一起老，和三位好友相聚，話題多了些回望的心情，以及下一步告別的準備。一個篤定要植葬；一個已買下父母的房子回到出生原點居住，骨灰會就近和父母放一處；一個是基督徒，家族墓園在韓國巨濟島；我會和丈夫的骨甕放一塊，一輩子，跟慣了。

後事，告別，陰與陽的介面。

禮儀師是穿梭這介面固定的巡禮者，司禮如儀是應盡的責任，但心坎一定會有特別鮮明的記憶，如黑衫襟領別上的那枚亮黃。楊會長記起名導演李安四兄弟爲父親李昇校長舉辦的告別。

結束告別典禮，午後，他們乘遊艇出安平港到台灣海峽外海三十哩處。西向中原故土，將父親的骨灰包裹放進海上，包裝紙逐漸浸潤溼透，緩緩下沉。李安四兄弟在船尾，一起目送父親。李安拿出自幼父親送他的洞簫，對著海天吹奏一曲〈秋水伊人〉，簫聲拂過大海扶搖升霄，往者、生者全在亞熱帶海域陽剛夏季無一渣滓藍的包覆下。往者生命一如碧海藍天的瀟灑壯闊，無垠無際，照應著告別式遺照上李昇先生親書的行草〈出師表〉。並不認識李昇先生，但那一刻，楊會長彷彿可以遙見李昇先生一生嶔崎的風範與志事。

紀媽咪又是另一樁難忘。婆婆往生二十四小時即入殮火化，她沒舉辦告別式，在家中布置簡單的小靈堂放置婆婆的骨灰甕，歡迎親朋好友們想來就來。相見時，她拿出婆婆六十歲之後的生活相簿集錦，與親友一同翻閱與憶往，照片上的婆婆，衣著端麗，笑容可掬，在在顯得神安氣足生活安好，每一張照片都有可親可訴的話題，然後，紀媽咪帶領來訪者誦讀《父母恩重難報經》，用近距離的溫暖互動完成眞情的追思。

和死亡併肩的滋味究竟是什麼？孤獨是死亡本身，還是因爲斷絕紅塵？在那一刻來臨之前，我喜歡尋味各種告別的儀式，或許，死亡只是深深一嘆，但氣息游絲的纖末，我仍喜歡一星金澤閃滅；今生最後的暖意。

09

別・走

世界的不眞實感。

孤絕的荒蕪。

和熟悉的過去的生活告別。

永遠回不來的奇異的空茫感。

失去和他的關係。

……

你明白這些感覺嗎？因爲不能，所以不能只要求簡單的答案。

愛別離，非常複雜，但對失去至愛的人的關懷，我們通常只會問：「已走出來了嗎？」笑，就是走出來？淚，就是還沒？有些事，我們明白得太少，不只答案，連問題本身都設立得太過簡化。

丈夫已離開三年的馨，上課、學習新知，不久前才剛從布拉格自助旅行回來。那天她在陽台洗衣，聽到一聲輕咳，本能回頭，直覺是自己熟悉了一輩子的丈夫的聲音，後來確定，那不過是隔壁先生的咳嗽。

「我怎麼都快忘記他的聲音了？怎麼可以？」馨流著眼淚訴說。

F的丈夫離開更久，那時候，幸好有朋友警覺的破門而入，才斷了她從高樓一躍而下的衝動。幾年來，她娶媳婦有孫女，工作升官，幾次大病都痊癒。每次見面，她都中氣十足告訴我好多故事。

「不會了，妳現在很好，一定能好好的。」提起往事，我這樣對她說，她一笑深然：「難說。」

一直走就是了，人各有自己的方法。除了專注工作的時刻，生活中，我腦海無時無刻不疊印丈夫的身影，驚訝著自己竟然能在沒有他的世界度過六百多個日子，做成了一件事，我向他邀功，做不妥一件事，我仍習慣對他訴苦，回家的路上，我總想著他在家等著我。

完成丈夫告別式兩個月後，我就向鄰居一名新娘秘書學自己一點都用不上的彩妝。朋友說：「學彩妝，這證明妳已經走出來了。」只有我自己明白，學彩妝是因爲我內心有天大的挫敗感無助的等待療復：我盡了全力也沒能讓心愛的人安好，我和他齊力同心也沒能戰勝病魔，我和他此生的相愛，也沒能感動上天……，有個東西，失去好久了，再不找回一點，我會自覺無一是處，我急需一種簡單、立即、有序、毫不費神的完成；我需要有個輕鬆方式快速讓自己重新相信自己。

沒走出來嗎？走出來了嗎？

悲傷會轉換新形式，人終將坦然重新投入生活中，只是，死別傷痛有正常的程序，無論時隔多久，痛苦常會不預警的回來一下，而什麼是結束悲傷的障礙？什麼才是眞正的幫助？甚至，什麼是消逝？什麼是結束？什麼是愛，別離，獨步行走？

可見的只是一角，生死，潛藏深海底龐巨的冰山，我們唯有謙卑學習。

10

我愛妳

安寧病房讓無路可走的人有了可去的溫暖歇止的所在，但它畢竟是添了彩、化了妝的死亡。

聽說國際佛光會臺中西屯分會要來辦浴佛節活動，蔡先生一早就在期盼，他坐輪椅讓妻子小豔推在病房門口等待浴佛車。浴佛車推近，他舀水，一杓浴佛陀左肩，一杓浴佛陀右肩，再一杓左肩，放杓，合十祈願，我們聽見他說：「但願我身體健康。」接著大廳舉行祈福法會，他位在邊緣，舉起頭延長頸，法師開示的每個字他都要聽入耳殼。

蔡先生，臺商廣東鞋廠高階主管，四十五歲，血癌。

起初只是一直治不好的肌肉關節酸痛，他總是在返臺休假的時候就醫檢查，一科轉診一科，到了血液檢查科抽了骨髓之後，發現了不正常的芽細胞。他記得那是二〇〇八年十二月，他和妻子帶著噩耗開車回家，妻子一路痛哭，他靜靜在心裡掂掇著醫生對他說的一句話：「生涯要重新規劃了。」

原本他規劃自己工作到六十五歲退休，和妻子相守到老，一起將心愛的女兒撫養長大等她出嫁。平凡而幸福，許多勤勤懇懇好男子的今生心願。

蔡先生的父母去世得早，他對擁有個完整幸福家庭的渴望不只是殷切，而是必得如此，一如他的名字，他心目中男兒必如大川大河厚重磅礡，用肩膀撐起屋宇，用臂膀圈護妻女，左手驅風、右手擋雨，一生都是身邊人的靠山。

妻子形容他：「顧家愛家，絕不讓家人受欺負。生病後對家人更加體貼珍惜，尤其是小孩。」

辭去工作、返回家鄉、做化療，三年來有過病情平穩的時候，但更多的是入院出院的倉皇日子，他深切感到能看到一天的太陽是一天，能看到一天的妻女是一天，生命如此珍貴美好，但治療一次比一次不樂觀，心情一次比一次低落，終究還是要來到安寧病房。

小豔一直陪在蔡先生身邊，平日，他疼愛她，她依賴他；病後，她照顧他，他心疼她。聽他說話的時候，她一遍遍眼淚盈眶、墜落；他看向妻子的眼則總有一股深深的意味，那種愛很深，深到無論多久都猶留一絲私密靦腆的純情。妻子是要娶來給她幸福的，不是娶來讓她受苦的。「我下一輩子都還要娶妳。」他曾這樣對妻子說，但現在他改口了：「下一輩子我不娶妳，因爲要照顧我，妳太辛苦了。」

他怕她內向軟弱，將來生活會吃力，便急著教她許多事，強迫她快速成長獨立，又擔心自己說太多她會心煩，我多麼懂得愛家男人的心，以自己的故事爲引，讓小豔泣不成聲但拚命點頭無比肯定的對他承諾：「我一定會堅強，我一定會堅強。」

「我們是同事，一起上下班，生病後又形影不離，雖然結婚才十年，時間卻抵得過別人的三十年。我們不曾吵架，頂多生悶氣不說話，我說氣話她閉口，她說氣話我沉默。」他笑著說，妻子在一旁點頭。

母親節將至，我讓蔡先生對小豔說句話，他伸手拍拍妻子的背說：「老婆，我愛妳。」

如果能夠，他求生的意志力絕不摧折，只是眼前的難境是求死亦不能徒拖累身邊人的痛苦，如果不能健康，他但願自己快些解脫，因爲「她太辛苦、太辛苦了」。相守與相離，這個顧家愛妻兒男子在佛陀面前只說了一半，爲了愛，他求健康，也求速死。

我修空觀，明白因緣法，但有時我會將世相虛妄暫且放在一旁，只在有情觀有情：時空無盡流轉，無論我如何來如何往，都知道自己會在茫茫人海尋覓那特定的一個會心的眼神，一抹依悉的笑容，一份傾心的對待，於是我對眼前這一對有情人說：「今生的印記都標註了來世，下一輩子他們一定會再相遇。」臨別前，我叮嚀蔡先生別忘記小豔允諾一定會堅強，然後，我轉向小豔要她一定一定要記得丈夫說的——

我、愛、妳。

11

畢業快樂

畢業快樂！

兩排人手執玫瑰花枝站成甬道，齊聲高喊。通過花影與樂聲，露出「你們這些小孩喔眞是的」的神情，輪椅上的他笑了。

三月桃李，四月木棉，五月滿城蔥蔥鬱綠，還未有一瓣鳳凰花輕輕的羽翼，在任一枝梢稍有棲止，都說鳳凰漫天飛花，每一瓣都爲了承載一椿驪歌的愁動，那麼，這是一場提早到來的畢業典禮。

中榮安寧病房交誼廳打上漂亮的投影片：「我愛剛傑哥　畢業PARTY～」，一朵大紅愛心斜嵌在螢幕左上牆角，心上寫著：「阿舅」。

近五十歲考進中興大學中文系進修學士班，蔡剛傑和外甥成爲同學，大家一起跟著叫他「阿舅」。在學校，他是學生會副議長，常以豐富的閱歷指引導正學生會事務，一手建全了學生會組織，並最擅長在大家洩氣無力的時候打氣鼓舞，典禮現場一張留言卡上寫著：「你總是牽引人事，帶來只有你能給的美好」。

外甥說：「我在學生會行政組，很多事需要副議長審核，我們常被唸事情怎麼這麼做？有時偷懶翹個課也會被唸個半死。」

詩社營隊到臺東偏鄉推廣閱讀風氣，他是最熱血的志工，細心觀察每位小朋友的特質，用小朋友的語言和他們互動，是小朋友口中最受歡迎的「傑哥」。

加入中興詩社，他的古典詩常獲參賽入選，詩學老師稱讚他：「格律嚴密少出錯」。

積極學習、認眞求知，他的學業成績總是全班前三名。

但校園生活只是橫切片小縮影，人生，必須拉開捲軸鋪展來看，然後，以小去喻大，也以大去攝小，或者，一些從不易被察知的摺疊過的皺痕，修飾過的斑駁，也才有機會被照見。生命捲軸整幅全覽，大處成山小成丘，那湮糊漫漶的幾處，覷眼看深了，有時反倒會讓人驚覺，那不正是撐架整體山水最隱最長的幽妙神韻。

蔡剛傑，愛閱讀、有藝術天份、極聰明、具高能力、很有自己的想法、俠義英雄襟懷，天生當領導者的質氣調性。

「唸個書吧！」就讓他考進大學，在這之前，社會是他的江湖，他闖盪其間，嘗試各種成功的可能，路險，風波惡，挫折傷害如湧浪，他和血獨吞不曾喊過一聲痛。妹妹說他小時候領著鄰居小朋友玩耍，外號叫「關天龍」，連續劇裡的角色，廖添丁一般行俠仗義、濟弱扶傾。人生每一種角色都扮演得認眞徹底，「關天龍」他一當就是一輩子。

但他其實感性多情，細膩、敏感、洞悉力深透、感受力超強，爲別人的難題，他總是一肩擔當，面對自己最切身的問題，他反而一味逃避閃躲，沒有人到得了他的內心。當投影片打出「樂天的牡羊座」這幾個字，他最心愛的妹妹苦笑著對我說：「可能嗎？樂天？」

「並濟剛柔懷腹納，輕燃寸火奉馨香」，光與熱是外相，看不見的是剛柔腹納，他詠物詩〈打火機〉裡的兩句，多像他自己最隱最長的神韻寫照。

一直沒有人知道他如何消化一生際遇過的挫折，只知道他罹癌的消息一直瞞著所有人，直到第二次化療才讓家人知道。「求死不求生」，他瀟灑看待生死，但這病，讓從不掉淚的硬漢痛到直掉淚，最近，他開始出現瞻妄狂亂的現象，「造成自己的難堪，以及別人的不方便」。清楚自覺處境，他便主動要求「打針讓我睡覺」。

關於後事，他和妹妹坦然的規劃討論，追思告別會他原本只列十個邀請名單，但是活動照片及詩集的整理，非得麻煩詩社同學，生病休學一年多，一直不和同學聯絡的阿舅病危的消息，這才爆裂散布開來。

同學的卡片，他總是一張張珍惜細讀。有一次，他時醒時昏迷，同學說：「卡片來了。」他闔著眼，雙手在空中抓拿，卡片一放進他手中，他旋即又昏迷，同學想將卡片抽回，卻發現他輕微的拉扯。參與學生會、熱血當志工、服務助人、創作嚴謹的古典詩、求知好問名列前茅、這些小孩們一句一句的喚：「阿舅」……。英雄不言，風浪退落，讀書、寫詩，可以為群體出力，單純與歡笑的大學校園生活，一定是他今生最溫柔美好的記憶。

汽球鮮花、香檳杯塔、播放回顧影片、穿戴學士服學士帽、撥帽穗、頒證書……，堅持將手中康乃馨分出十朵送給甘願為之終身不娶的母親，「如果還有機會回去上課，我一定會繼續做好學生的角色。」拿著麥克風，口腔癌末期的他含糊不清卻落落大方的說出畢業感言。

小時候，爸媽暴烈爭吵，他會牽著驚恐的妹妹進房去，用枕頭幫妹妹摀住雙耳說：「不要聽，妹，不要聽。」病榻上，他還在說想多賺錢給妹妹過好一點的日子，他一生疼愛照顧妹妹，現在妹妹陪伴在他身邊。妹妹說，多年前，他路見不平，為九二一地震倒塌的一棟大樓，主動協助消基會與建商斡旋、溝通、求償，化療初期，他獲知建商已願意原地重建並合理補償的消息，「我沒遺憾了！」他說。

畢業典禮後就一直昏迷，二〇一三年五月二十日上午九點十分，蔡剛傑辭世。

枝頭無一抹豔色，鳳凰花影尚無蹤，蔡剛傑畢業了。畢業快樂！

12

渡口

《那先比丘經》小而巧，善比喻、用形象，在兩種古老文明匯聚處，展現互滲融合的力量，也精妙的告示佛法無堅不折。它告訴我，燈火一照，漆黑消匿，明白生死，唯有智慧。

聽到有人猝死，朋友們唏噓慨嘆之餘，總有人開口先說出大家的心照不宣：「走得快沒痛苦，其實，也很好。」

人過中年之後，像走在正午過後陰晴變化就會莫測的高海拔山路，生命也開始嵐煙霧雨的多變化，大家多少都感到前所未有的幻滅意識。

有段日子，我感知自己的深層害怕，我陪伴所愛艱辛走完最後一段人生路程的專注與堅強，怎麼全沒在自己的身上劃上等號？那麼，一定有不是現象面所能粉飾的根源性原由我沒能想清楚吧！彼時，我對生死的瞭知，一如孤身走入漆黑的暗室裡，無星、無月、無燈火。

我來到渡口問津，生命須正眼直視，必得從死亡開始。

兩年來，佛學、禪修、生死這領域的閱讀，鑲嵌在我生活的版圖；一角安靜樸素的美麗，溫柔恆定的光照。有一天，我猛然想起，那雷閃似突如其來的惶恐不安好像沉寂許久。

對最害怕的事物，唯有不閃躲，才有不害怕的轉機。而對生命的愛越真摯充沛，越能善處死亡，透過這樣的持續閱讀與思考，我逐漸認知到臨終竟是此生修行最殊勝的時機，生與死彼此覆蓋疊合，生時種種決定死時的意識狀態，最安然的死亡是安住在生前的善行，此生最後一回眸：自我生命可有任何微小而確切的意義？

櫓方搖，我離智慧尚迢遠，但願意虔敬學習生死之種種。這般切身、眞實，而無法迴避的境況，怎能只用唏噓慨嘆，我想明白得更具體；多麼珍貴的一期一會，不只走過而已，我還要有完成的通澈感。

生命孤獨感與孤身赴死同樣不值得害怕，我諦看著出家法師，他們解除紅塵俗世座標中所有相對的定位關係，只剩下削髮修行的單一身分。從某一種角度看最是孤獨，但他們孤身一人行的卻是引渡衆生的事，孤獨得多麼不孤獨。天上星星如此擁擠，其間卻有不可丈量的距離，眞正的孤獨應該是在互不關愛的擁擠熱鬧之中，生命的孤獨感誠然存在，卻可以超越。

輕舟引渡，岸上景物與水中倒影虛實相生，生與死互注等重，什麼是最有意義的事，我遂以餘生成就。

《那先比丘經》：「人於世間，智𡋯（最）爲第一度脫人生死之道。」

【附記】

生命的啓蒙——寫於2012年5月

陳建宏

師丈要火化了，一切就像他的病情一樣讓人措手不及。

就快到老師家了，心裡想著等會要怎麼面對兩個崩潰的女人。「媽，建宏哥哥來了！」老師從內房走出來，是瘦了些，看得出來這陣子過得很辛苦，上過香，老師交代了些瑣事，就跟女兒出門到火葬場辦理後事，留下我獨自守著師丈的靈堂。四個小時後，老師捧著師丈的骨灰回來，客廳裡坐滿了師丈的親友，老師開始向大家訴説師丈最後彌留時的情景：

師丈是半躺著的，與老師四目對望，眼神無比溫柔，老師對師丈訴説從十幾歲的相識、相戀、結婚、生女以來，種種相依相守的共同記憶，像翻開一頁頁光陰的錄簿與師丈一起復習，也沒忘記叮嚀師丈，安心跟著阿彌陀佛的聖光走。女兒還在路上，師丈的手無力地搭放在老師的手背，這隻虛弱的手，居然還能在數天前寫了卡片，送給要過母親節的老師。

女兒趕到了，讓爸爸另一隻手放在自己手背，另一本父女獨有的回憶簿，也在病床前展開來，那兒有三十年來一位好爸爸對女兒的悉心照顧，以及女兒對父親的無盡感謝。家是他們三個人今生最富有的資產，而此刻他們要離別，離別應該在月台，在碼頭，在機場，在所有可以説再見的地方。

最後，師丈左手是老師，右手是女兒，用盡所有力氣，突然雙手同時用力一握，氣散離世。那一握，千言萬語，老師説，那像在説今生的溫馨記憶我都記得，像在說我好愛你們。

師丈走時意識還是清醒的，取下氧氣罩的時候，女兒呼喊：「媽，你看，爸爸在笑。」他是帶著滿足微笑走的，老師如是說。

「他臨走時看著我的眼神充滿溫柔鼓勵，像在對我說小女孩長大了，妳一定能夠的——，我生生世世都要再去追尋找那眼神。」老師說。

師丈因為發現胃癌而切除部分胃已是五年前的事了，「五年來，我們是最合作的患者，化療、生機飲食、標靶藥物，只要醫生說什麼，我們都百分百照做。這個玩笑開太大了，我差點跟菩薩翻臉。但他走得如此俐落安詳，菩薩終究知道我們。」

當把所有焦點都放在胃癌上時，居然有個叫肝管癌的，慢慢的鎖定師丈，老師從不敢相信，無法接受、崩潰、面對、再崩潰，最後只能希望師丈不要受太多的苦，老師懂得給師丈這一生他最珍愛的東西，讓他微笑撒手。

那天回家途中，收音機傳來江蕙唱的〈家後〉，我心裡想，也許這就是師丈跟老師相互之間的告白吧！師丈離開了，但他成就了老師今生無換的美好回憶，也圓滿了一個好爸爸的形象。

雖然我心中盡是不捨，但就像師丈放大的遺照一樣，就是那麼清楚的在跟大家說：我沒走遠，只是換個形式守護家、關心大夥。

師丈，謝謝你！我生命這堂課是你來啓蒙的。

【附記】

讀〈再上一堂國文課——給立志行醫的你〉感言

甘克華

STONE：

在妳的部落格中看到這篇文章，很早就想回應在網路上，因為不會用部落格回應，也覺得格子太小不夠我寫，就直接以回信方式，寫下我的感言。

首先在文章中感受到一個病人眷屬對醫生的期盼，用「仰望」兩個字來寫實不為過，因為只有他們的專業醫術才能解除我們心中的痛苦，而我佩服妳當一位國文老師，雖不能提供妳的學生濟世救人的醫術，仍有勇氣要妳的醫者學生再上一堂國文課。先前只有想稱讚妳的感覺，但要把感覺寫出來卻出現困難，直到我看了一本書《找一個解釋》，一本建中國文老師吳戴穎、凌性傑所寫的書，將高中經典的古文，用現代的語言重新詮釋注入了新的生命，其中一篇文章從荀子〈勸學〉討論讀書或學習的目的，文中又引用了大江健三郎的〈孩子為什麼要上學〉：

所謂的老師……並不是一個知道怎麼去教未知者的人，而是把學生心中的某種問題，重新再創造出來弄清楚，並以此為工作的人……

他們所擅長的事情是把人們心中壓抑著，阻礙對真知更瞭解的各種力量，將之破壞。這就是老師比學生問更多問題的理由。

這就是我想要講的話，一種使命感讓妳將專業醫術的後面仍需要人文關懷的議題重新提出，經由文字，讓人弄得更清楚。另有一段大江健三郎的話我也非常喜歡，我也把它節錄下來：

不管是國語也好，理科或算數，體操或是音樂也罷，這些語言都是為了充分了解自己，與他人聯繫。

無論多專業的醫術，缺乏對人的關懷，基本上是冷冰冰的東西，而作為一個老師的妳，看到醫術與醫德的問題，讓妳的醫者學生上一堂國文課，讓自己的學生再弄得清楚些，也是妳做老師的一種人文的情懷，對此我一定要稱讚一番。

最近閱讀一本《超簡單經濟學》，書中談到醫生是稀有資源，如何有效率的分配是典型的經濟問題，它的例子是這麼寫的：

當一支軍中醫療團隊抵達戰場，並發現士兵滿是各種創傷之際，在那兒永遠都不會有足夠的醫生，也永遠不會有足夠的醫療設備，有些傷患瀕臨死亡，被救活的機會少之又少，然而有些士兵如果立刻得到照顧的話，就有得到拯救的一絲希望，這時醫療團隊完全要以效率性來分配他們的時間和藥物：「如何有效運用具有替代用途的稀有資源」成為唯一考量的因素。

我無意拿醫生在特殊情況下的效率性，來挑戰醫術背後應有的人文關懷，只是覺得作為一個老師其實很不簡單，可以把一個問題提出來，重新再創造出來弄清楚，不像我自己看投資學，感覺枯燥而生硬，無法將生澀的理論運用在投資的工具，我像一名高中生讀古文觀止的文章，無法一窺其究竟，更不可能講解如何運用在實務上，這讓我自己想做講師的熱情與衝動有些動搖，原因是老師要傳達某種「正確的堅持」就像妳文章說的：「你若做不到盡頭就算是辜負」、「人與人的對待就是我堅持的理由」，而我目前還沒有那種正確的堅持，看到你的文章又激起我繼續的勇氣；另外想到老師是將問題重新再創造弄清楚，需要尊重與包容另類思想與言行，其中分寸的拿捏是需要智慧與用心，這也是我最沒有把握的，如今看到《找一個解釋》這本書，又發現作者與經典古文可以如此對話，激起我見賢思齊的心境。

很高興可以從妳的部落格文章激起我的勇氣，也由《找一個解釋》書中找到如何中肯的稱讚妳，從經濟學的書中知道專業醫術的稀有性，寫下這些我心中的惶恐與不足之處，就是我要回應的話。

甘克華　敬上

晨星文學館 050
約今生

作者	石德華
主編	徐惠雅
美術編輯	李敏慧
創辦人	陳銘民
發行所	晨星出版有限公司 台中市407工業區30路1號 TEL：04-23595820 FAX：04-23550581 E-mail：service@morningstar.com.tw http：//www.morningstar.com.tw 行政院新聞局局版台業字第2500號
法律顧問	甘龍強律師
初版	西元2014年5月7日
郵政劃撥	22326758（晨星出版有限公司）
讀者服務專線	04-23595819分機230
印刷	上好印刷股份有限公司

定價 320 元
ISBN 978-986-177-856-3
Published by Morning Star Publishing Inc.
Printed in Taiwan

國家圖書館出版品預行編目資料

約今生／石德華著.--初版. --台中市：晨星,
2014.5
272面；公分. --（晨星文學館；050）

ISBN 978-986-177-856-3（平裝）

855 103005963

◆讀者回函卡◆

以下資料或許太過繁瑣，但卻是我們瞭解您的唯一途徑，

誠摯期待能與您在下一本書中相逢，讓我們一起從閱讀中尋找樂趣吧！

姓名：＿＿＿＿＿＿＿＿ 性別：□男 □女 生日：　／　／

教育程度：＿＿＿＿＿＿

職業：□ 學生 □ 教師 □ 內勤職員 □ 家庭主婦

□ 企業主管 □ 服務業 □ 製造業 □ 醫藥護理

□ 軍警 □ 資訊業 □ 銷售業務 □ 其他＿＿＿＿＿＿

E-mail：＿＿＿＿＿＿＿＿＿＿＿＿ 聯絡電話：＿＿＿＿＿＿＿＿

聯絡地址：□□□＿＿＿＿＿＿＿＿＿＿＿＿＿＿＿＿＿＿

購買書名： 約今生

· 誘使您購買此書的原因？

□ 於＿＿＿＿書店尋找新知時 □ 看＿＿＿＿報時瞄到 □ 受海報或文案吸引

□ 翻閱＿＿＿＿雜誌時 □ 親朋好友拍胸脯保證 □＿＿＿＿電台DJ熱情推薦

□電子報的新書資訊看起來很有趣 □對晨星自然FB的分享有興趣 □瀏覽晨星網站時看到的

□ 其他編輯萬萬想不到的過程：＿＿＿＿＿＿＿＿＿＿＿＿＿＿＿＿

· 您覺得本書在哪些規劃上需要再加強或是改進呢？

□ 封面設計＿＿＿＿ □尺寸規格＿＿＿＿ □版面編排＿＿＿＿ □字體大小＿＿＿＿

□內容＿＿＿＿ □文／譯筆＿＿＿＿ □其他＿＿＿＿

· 下列出版品中，哪個題材最能引起您的興趣呢？

台灣自然圖鑑：□植物 □哺乳類 □魚類 □鳥類 □蝴蝶 □昆蟲 □爬蟲類 □其他＿＿＿＿

飼養&觀察：□植物 □哺乳類 □魚類 □鳥類 □蝴蝶 □昆蟲 □爬蟲類 □其他＿＿＿＿

台灣地圖：□自然 □昆蟲 □兩棲動物 □地形 □人文 □其他＿＿＿＿

自然公園：□自然文學 □環境關懷 □環境議題 □自然觀點 □人物傳記 □其他＿＿＿＿

生態館：□植物生態 □動物生態 □生態攝影 □地形景觀 □其他＿＿＿＿

台灣原住民文學：□史地 □傳記 □宗教祭典 □文化 □傳說 □音樂 □其他＿＿＿＿

自然生活家：□自然風DIY手作 □登山 □園藝 □觀星 □其他＿＿＿＿

· 除上述系列外，您還希望編輯們規畫哪些和自然人文題材有關的書籍呢？＿＿＿＿＿＿

· 您最常到哪個通路購買書籍呢？ □博客來 □誠品書店 □金石堂 □其他＿＿＿＿＿＿

很高興您選擇了晨星出版社，陪伴您一同享受閱讀及學習的樂趣。只要您將此回函郵寄回本社，或傳眞至（04）2355-0581，我們將不定期提供最新的出版及優惠訊息給您，謝謝！

若行有餘力，也請不吝賜教，好讓我們可以出版更多更好的書！

· 其他意見：＿＿＿＿＿＿＿＿＿＿＿＿＿＿＿＿＿＿＿＿

晨星出版有限公司 編輯群，感謝您！

請填妥對折裝訂，直接投郵即可，免貼郵票

廣告回函
台灣中區郵政管理局
登記證第267號
免貼郵票

407
台中市工業區30路1號
晨星出版有限公司

請沿虛線摺下裝訂，謝謝！